Les montagnes ne sont pas un obstacle pour les yeux du cœur

Ophélie Grevet–Soutra

Édition : BoD – Books on Demand, info@bod.fr
Impression : BoD – Books on Demand,
In de Tarpen 42, Norderstedt (Allemagne)
Impression à la demande

ISBN : 978-2-3224-5031-2

Dépôt légal : septembre 2022

Les montagnes ne sont pas
un obstacle pour
les yeux du cœur

Roman théâtral...

À Georges... l'Ami

Méphistophélès

Ho ho… Il se voit que tu m'as fréquenté. Ce style-là me paraît tout méphistophélique, monsieur l'Auteur !… En somme, le style… c'est le diable !

« **Mon Faust** » **Paul Valéry**

10. Second prologue

Le metteur en scène (lit) — Vais-je retravailler cette pièce ? Ou bien tous ces fragments qu'ils soient ratés ou réussis périront, abandonnés par leur auteur ?
Non ! Je ne reprendrai pas cette pièce. Mais les fragments réussis émergeront dans mon nouveau travail.

« **Le mendiant ou la mort de Zand** » **Youri Olécha**

Celui (*l'arbre*) aux branches basses, facile à grimper, d'où parfois ils regardaient au loin – les montagnes ne sont pas un obstacle pour les yeux du cœur – en rêvant à des pays où ils iraient ensemble, plus tard ?

« **Martel en tête** » **André Vers**

Le Lieu

L'action se déroule dans un entrepôt. L'ambiance est feutrée. La pièce n'a pas de fenêtre. Une échelle de meunier grimpe en fond de scène vers une trappe. De lourdes tentures rouges dissimulent en partie une porte qui s'ouvre sur l'un des nombreux corridors que les personnages seront appelés à emprunter. Côté jardin, un immense miroir magique au cadre rococo pendouille joliment. Son reflet dégouline de vérité. Une tapisserie carmin habille les murs. Des tables de bistrot, des chaises bancales et un vaste divan en simili cuir vert bouteille agrémentent le décor. Au centre de la scène, une table en fer forgé est crûment éclairée par un plafonnier mobile que l'on peut balancer, descendre ou remonter comme un pendule.

Cette pièce a été écrite et déposée à la SACD, en juillet 1999.
Son titre d'origine **« La couturière »** *j'ai préféré le modifier...*
Le texte, lui, est resté dans son jus.
Il se jouera à cinq comme au Nain Jaune.

Le second texte **« L'Île aux méduses rubescentes »** *est un monologue, à jouer en toute occasion : mariage, baptême, divorce.*

Les personnages

Le poète : 30 ou 35 ans, à cinq ans près, aucune importance.

Le juge : 65 ans et plus… État civil complet, Julius Pétronus. Sur son chef trône un chapeau haut de forme.

Célestine Lamort : 50 ans, elle tente de paraître plus jeune. Très maquillée. Une exubérance fellinienne. Un boa en plumes d'autruche enrobe son cou à trois reprises avant de glisser dans son décolleté aux proportions généreuses.

Aurore : 20 ans, une jeune fille. En robe du soir à frou-frou. Attifée comme pour aller au bal des débutantes.

La fée de Cristal : ou fantôme de Pepper, jeune femme d'une trentaine d'années, créée à partir d'un hologramme.

Le poète et Lamort sont penchés sur un grand échiquier.

Lamort. Tous ces jours sans visiteur, quelle guigne ! Avez-vous vérifié les panneaux ? Tout est en place, j'espère. C'est mou. On s'endort. Je grésille, moi. Qu'attendez-vous pour avancer votre Tour ? Allez-y, bon sang !

Une voix monocorde sort d'un haut-parleur :
« Madame Bleuet est attendue au bureau du personnel, merci… Madame Bleuet est attendue au bureau du p… »

Lamort. Vous ne jouez pas, vous rêvassez… Bon, que diriez-vous d'un petit quart d'heure de détente ? Une trêve, ça vous tente ? Nous pourrions discuter de…

Le poète. Du calme, du calme, ma chère ! Modérez vos instincts, merci. Je réfléchis. Que votre vanité piaffe d'impatience comme un vieux cheval de trait, je puis l'admettre, le tolérer à la rigueur et même le supporter.

L'orgueil, l'équitation et les inéquations conditionnent des réflexes humains bien naturels. Mais vos cris…

Ces braillements, ces hurlements, cette démesure vocale s'évertuant à troubler mon inspiration, c'en est trop ! Voilà bien du raffut pour des nèfles. Un vulgaire tintouin. Sommes-nous des bêtes ? Des brutes sauvages et enragées prêtes à s'entredévorer à la moindre chicane ?

Lamort. Non. Mais vous lambinez tellement.

Le poète. Et la concentration ? Vous vous en moquez ! Et la défaite… Le plaisir intense des vaincus ne vous émeut pas ! Votre cœur tout rabougri ne vibre pas d'extase au spectacle de la déchéance ! Dommage…

Lamort. Quelle jactance ! Il en faut plus pour m'épater, mon chou. Pour moi, un perdant c'est un perdant.

Et un perdant qui revendique aussi ouvertement sa débâcle…

Mauvais joueur, va !

Le poète. Marchande de foire !

Lamort. Plaît-il ?

La fée de Cristal sort de sa léthargie en vrombissant.

La fée de Cristal. Quelqu'un m'a sonnée ? Zut, je suis coincée. Aidez-moi à ne plus vrombir… *Le poète se précipite et tape sur le miroir qui clignote et finit par s'éteindre.* Merci ! Mes amis, je viens de quitter un rêve gargantuesque. J'étais allongée dans un jardin aux mille délices. Un serveur, très stylé, se dirigeait vers moi et me proposait de goûter à quantité de jeunes fruits. Framboises, groseilles, fraises des bois… une orgie d'agrumes à tenter les papilles du diable s'étalait devant moi. Il se trouve que je suis terriblement gourmande…

Puis-je goûter à votre raisin noir ? ai-je demandé au serviteur, tout en attrapant une grappe de Chasselas luisante de sucre rose.

Et là…vous ne devinerez jamais ce qu'il s'est passé. Une panne de courant !

Découvrant le poète et Lamort penchés sur l'échiquier, la fée s'approche et les regarde jouer.

10

La fée de Cristal. N'étant pas d'un naturel sans-gêne, je ne tiens pas à m'immiscer dans votre jeu, mais vous pourriez au moins remarquer ma présence et vous demander si je vais bien. J'existe, après tout !

Le poète. Eurêka ! Par Neptune, j'ai trouvé. À vos marques, triangles et trompettes. À vos clairons, soldats de plomb. Que ma victoire résonne sur tous les toits… Je place ma tour en C3 en F4 et votre chère reine doit quitter son perchoir. Que pensez-vous de ma contre-attaque ?

La fée de Cristal. *(Elle applaudit.)* Joli coup. Sensas ! Formidable.

Lamort. Pas mal… C'est astucieux.

Je me demande si nous aurons du monde aujourd'hui…

Hier, personne. Avant-hier, pas un chat. Au fait, et notre contrat ? Tu signes, et à toi la belle vie ! Une toute petite signature, mon mignon, et le tour est joué. Bien entendu, tu peux refuser. Je n'oblige personne, moi. Attention, rimailleur ! N'oublie pas que le compte à rebours est enclenché. Et si tu refuses sans cesse le meilleur de la vie…

Le poète. Oui. Je sais. Le pire peut m'arriver.

La fée de Cristal. C'est très mal de menacer son partenaire… Quelle mauvaise joueuse !

Lamort. Le pire, exactement ! Je vois que tu as bien retenu la leçon. Demande-moi la lune, j'accepte. Allez, réclame ton dû ! Tu mérites ta récompense. Eh bien, que se passe-t-il ? On fait son timide. On n'ose pas s'exprimer. Dire tout haut ce qui flotte derrière ce grand front songeur. Tant de gravité chez un être aussi imbu de sa petite personne me laisse perplexe.

Le poète. Oh, vous… La paix !

Lamort. Tu n'oses pas parler devant témoin, c'est ça ? Une simple fée de pacotille te coupe le sifflet.

Un fantôme de Pepper. Un vague ectoplasme !

Ah, ah, ah… c'est tout bonnement désopilant.

Pauvre poète transparent, je lis en toi comme dans un parchemin. Tu es lisse, fragile, malléable, moins épais qu'une feuille de laurier.

12

Tiens, ma tour se défendra mieux de ce côté. Position stratégique, mon cher !

Et derrière ce front tout assombri, que vois-je ?

Je vois qu'un peu de musique chasserait bien vite toutes ces bouderies. Je vois que vos désirs sont exquis, mon chou. Parfaitement, exquis ! On meurt d'envie de les exaucer. Musique… Maestro !

Célestine Lamort frappe dans ses mains. Tintent ses nombreux bracelets. Puis, les premières mesures de la 1ʳᵉ symphonie de Chostakovitch sortent des murs. La fée de Cristal commence à danser. Elle évolue avec grâce, d'un bout à l'autre de la pièce.

Le poète. J'aimerais vous confier un secret. Seulement, il faut que je sois sûr que vous n'irez pas le claironner sur tous les toits.

Lamort. Je ne dirai rien, parole de scout. (*Elle crache par terre.*) Promis, juré !

Le poète. Et les murs ?

Les murs ont des oreilles, n'est-ce pas ?

13

Lamort. Sans doute. Les murs grésillent et nous écoutent… C'est normal, avec tous les fils qu'ils font passer dedans. Alors, et ce secret ? J'ai juré, moi.

Le poète. Le pire, comme vous dites, je m'en moque. Je m'en fous, et contrefous ! Remballez votre baratin, Célestine, je ne crains plus rien, et encore moins le pire du pire. Ça vous la coupe, hein !

Lamort. C'est ce compositeur, ce Chostakovitch qui vous met dans des états pareils ? Décidément, certaines œuvres sont terriblement nocives pour les esprits chagrins. Maestro, arrêtez la musique. Arrêtez-la, bordel de merde !

La fée de Cristal. La musique a cessé ! Dommage…

Lamort. Merci ! On ne s'entendait plus… Ah, mon fou ! Depuis le temps qu'il végète, donnons-lui une dernière chance. Je vais le déplacer de ce côté, et le sortir de ce guêpier.

Le poète. Je n'ai plus envie de jouer.

Votre élixir de foire a un goût d'eau de vaisselle. Et vous n'êtes rien, Célestine Lamort. Rien qu'une illusion.

Lamort. L'illusion fait pétiller la vie des pauvres gens comme du champagne. Souviens-toi… Concarneau !

Le poète. Mon Dieu… (*Il s'affole.*) Vous venez de prononcer…

Lamort. Ai-je dit quelque chose ? Sûrement pas, mon chou. Mes lèvres n'ont pas bougé. Ma bouche est verrouillée à triple tour. Close comme un cercueil !

Le poète. Si. Vous avez dit… Espèce de vieille chouette au lait caillé. Gargouille mal embouchée. Soyez maudite !

La fée de Cristal. Je confirme ! Ce jeune homme n'est pas un menteur. Vous l'attaquez, il se défend. Qu'il ne veuille plus jouer avec vous, n'est-ce pas son droit ? Vous voir l'humilier de la sorte me gêne énormément.

Lamort. Toi, la fée Carabosse ! On ne t'a pas sonnée.

La fée de Cristal. Vous m'insultez, madame !

Je ne m'appelle pas Carabosse, mais Cristal. On me surnomme la fée de Cristal. Je suis née à Fort-de-France, d'une maman créole et d'un père colon. Des gens fort convenables. Juste avant l'irruption de la montagne Pelée, mes grands-parents s'étaient enfuis de Saint-Pierre, une ville enchanteresse, qu'on appelait le petit Paris, tant elle brillait par son modernisme. On y trouvait une banque, une fonderie, une tonnellerie, un théâtre, des hôpitaux, des hospices, des magasins, des fontaines publiques et un jardin des plantes, ses habitants vivaient en harmonie dans ce petit coin des Caraïbes. Ils appréciaient le confort de l'électricité et du téléphone local.

Savez-vous que des femmes conduisaient les bus ?

Un jour, le volcan s'est réveillé. Des milliers de gens ont péri. La lave a tout étouffé, ne laissant qu'un vaste champ de ruines et de cendres. Quand le volcan a rugi, un linceul grisâtre s'est abattu sur la terre de mes ancêtres.

Après ce drame, les hommes ont englouti des litres de punch Lélé. En buvant, ils pensaient chasser la vision de tous ces corps calcinés. Nuit et jour, ils s'enivrèrent. Le feu de la terre grouillait dans leurs entrailles.

Ils s'enfoncèrent dans l'alcool qui incendie les viscères et rend fou. Dans chaque maison, le rhum coulait comme une rivière. Quand le volcan s'est endormi, rien n'a changé. Ils boivent toujours. Leur désespoir ballote entre deux vagues… Comme la mer, leur désespoir va et vient.

Lamort. Bla-bla-bla ! Pauvre échouée des îles, ça entre sans prévenir dans la vie des gens, ça raconte des histoires et ça s'impose… Ton volcan avait le feu aux fesses, c'est pour ça qu'il a explosé. Fée de Cristal… et pis, quoi, encore ? Tu ne t'es pas vue ? T'es rien qu'une mulâtre !

La fée de Cristal. C'est ma couleur de peau qui vous dérange ?

Lamort. Apprends, pour ta gouverne, que la couleur des gens ne m'intéresse pas. Seule, la couleur des âmes me passionne. Plus elle est noire, plus elle m'excite !

La fée de Cristal. Mettez des lunettes, et regardez-moi bien. Je suis une sang-mêlée ! Le pur produit d'une goutte de sperme blanche qui s'est mélangée à une ovule noire.

Le poète. Ne l'écoutez pas, mademoiselle !

Ce succube de basse-cour ne vaut pas un pet de colvert.

Lamort. Restez poli, poète de malheur ! Après tout, je n'y suis pour rien si vos rimes ne trouvent pas preneur.

Quel ingrat vous faites !

Moi, qui vous ai sauvé la vie in extremis des griffes acérées d'un éditeur véreux.

Moi, qui vous empêche de perdre votre temps en fadaises oiseuses dans des salons littéraires sans débouchés. Vilain plumitif. Heureusement, j'ai d'autres satisfactions… Tous mes clients ne sont pas comme vous, mon chou !

Le poète. Vos clients…

Ils ne se bousculent pas au portillon.

Lamort. Ils sont plus méfiants qu'avant, voilà tout.

Le poète. Mince ! Je vole, je galope et toc, j'enlève votre reine ! Pour un peu, vous étiez échec et mat.

Plutôt hardie comme prise.

Joli coup, non ?

Lamort. *(Vexée et ça se voit.)* Bof… Concarneau !

Haut-parleur :

« Mesdames, n'hésitez plus ! Au rayon boucherie de notre magasin, le tournedos à 50 euros le kilo, la bavette à 30 seulement et, tous nos bœufs sont d'origine contrôlée. »

Le poète. Sournoise.

J'ai parfaitement entendu. Vous avez dit…

Lamort. Oui. Pourquoi ? C'est interdit ?

La fée de Cristal. Jeune homme, pouvez-vous me renvoyer d'où je viens ? Le temps passe si vite… je n'ai que trop lambiné. Voyez-vous, je suis chargée d'une mission très importante, que je ne peux différer.

Pour m'aider à repartir, il vous suffit d'appuyer sur le bouton en bas du miroir.

Le poète s'approche du miroir et s'exécute ; il tripote le bouton et la fée de Cristal disparaît.

Lamort murmure plusieurs fois « Concarneau. »

Le poète. Tricheuse, crapaud, sycophante…

Oh, pourquoi me martyrisez-vous ? Pourquoi me harceler en prononçant ce mot si terrible ?

Lamort. Il m'a échappé, désolée. À quoi bon en faire un drame ? Avec vous, les poètes, c'est toujours la même chanson. Il suffit qu'un mot s'égare, qu'il tombe au mauvais moment ou à la mauvaise place, et d'emblée, tout se complique.

Et pourquoi ceci ? Et pourquoi cela, et comment et pourquoi, et pourquoi comment…

Ah, la vie est d'un triste avec vous ! Vous n'aimez rien, et vous déformez tout.

Avec les femmes, c'est le pompon ! Au lieu de sauter sur l'occase, vous pataugez. Que l'une d'elles vous dise « plaisir », plaisir comme désir, plaisir comme jouissance ou comme volupté, et vous répondez du tac au tac, sans réfléchir, les yeux au ciel et le souffle haletant « amour. »

C'est d'un ennui, d'un banal…

Le poète. L'amour… dans votre bouche, on dirait une insulte.

Lamort. Et il ronchonne, se montre odieux. Dire que je lui offre le succès et l'éternité sur un plateau d'argent, et que ce blanc-bec fait son difficile. Dire que je sacrifie mon honneur et ma réputation pour qu'il obtienne un prix. Je suis trop bonne, moi !

Le poète. Par pitié… taisez-vous !

Le poète se bouche les oreilles et tourne en rond…

Lamort. Et pour ne rien arranger, il fait la moue.

Le poète. Silence ! Je deviens fou.

Lamort. Eh bien, signez ! (*Elle sort son contrat.*) Soulagez-vous…

Le poète. J'ai chaud… je tremble. Ma vue se brouille. Il fait froid. J'ai de la fièvre.

Lamort. Montrez… (*Elle lui touche le front.*) Ça alors ! Mais vous brûlez, mon cher ! C'est drôlement bath, la chaleur !

Nous sommes enfin sur la même longueur d'onde.

(Elle lui tend le contrat.) Inutile de parapher toutes les pages, votre petite signature ici, en bas, près de la mienne, suffira amplement.

Le poète. Non ! Plus tard. Je dois encore réfléchir.

J'appréhende trop le présent pour m'engager de la sorte, et les secondes qui passent en coup de vent m'embrouillent l'esprit. Il me faut plus de temps, vous comprenez ?

Lamort. Du temps ! Décidément, sous vos grands airs à la Hölderlin, vous ne valez pas un clou.

Je renonce, moi. Miser sur vous est suicidaire.

Vous déraillez, vous disjonctez, vous extrapolez sans cesse. Et vous finirez comme ces milliers de poètes sans envergure dont personne ne se souvient… Vous échouerez à l'asile ou à la morgue, les pieds devant ! Ils ont tous gâché leur vie. Ils l'ont saccagée pour rien. Vous voulez des noms ? La longue liste des ratés…

Le poète. Silence, bête immonde ! Serpent à troènes… Gardez-le, votre satané contrat !

Je n'en veux pas. Je n'en ai jamais voulu.

Jamais, vous m'entendez ! Je vous hais…

Lamort. Mon cher, votre distraction vous perdra. Échec et mat ! Et ce ne sera pas faute de vous avoir mis en garde. Bien, nous allons trinquer. Un petit verre pour célébrer ma victoire, ça ne se refuse pas. Comme la partie m'est favorable, je vous propose de porter un toast aux insectes.

Le poète. Gardez votre breuvage, Célestine Lamort. Il est aussi vaseux que votre plumage.

Lamort. Ou votre ramage…
(*Chantonnant.*) À la claire fontaine…

Le poète. Chantez, pavoisez, triomphez, ça ne durera pas !
Bientôt, je serai loin… Loin de vous, et de toutes vos magouilles. Mais avant de partir, il y a une dernière chose que j'aimerais savoir…

Lamort. Attention, mon ami ! Toute vérité n'est pas bonne à entendre. Et la curiosité est un vilain défaut.

Le poète. Je me demandais... Ce fameux contrat, où l'avez-vous rangé ?

Lamort. (*Montrant sa poitrine.*) Là !

Il ne me quitte jamais, lui ! Il est à l'abri, bien au chaud, glissé entre mes seins. Tu veux le voir ?

Le juge pousse la porte, hésite un peu, semble sur le point de rebrousser chemin, mais Célestine l'aperçoit et le harponne.

Lamort. Monseigneur... Qui que vous soyez, votre visite nous enchante. Quel bon vent vous amène ? (*S'adressant au poète*) Pressons, range-moi tout ce bazar. Sinon, il va se barrer aussi vite qu'il est entré.

Le juge. Madame, monsieur...

Pardonnez cette intrusion, tout à fait indépendante de ma volonté. J'ai dû me tromper de porte.

Lamort. L'erreur est humaine.

Nous sommes ravis de votre visite.

Entrez, cher Monsieur !

Le juge. Je suis si confus… Si atrocement gêné.

Je n'ai jamais eu le sens de l'orientation.

Lamort. Un timide. Le client rêvé… Allons, vous n'allez pas rester planté dans l'ombre. Approchez, cher Ami ! Le hasard vous a conduit jusqu'à nous, comme l'étoile du berger. Quelle chance ! Le hasard fait si bien les choses. Prenez une chaise. Tenez, celle-ci semble stable.

Le juge. Ce n'est pas de refus. Vous êtes bien aimable, Madame. Je me sens si fourbu… et terriblement essoufflé.

À dire vrai, je me suis perdu.

Je lisais mon journal, tranquillement installé à la cafétéria, quand d'un seul coup… Comment dire… poussé par une sorte de… de besoin irrépressible, et sacrément urgent, vous comprenez n'est-ce pas ?

Lamort. Quand ça urge, ça urge… un besoin pareil, nul doute que ce n'est pas marrant.

Le juge. Pour sûr. Ainsi donc, j'ai dû sortir en toute hâte, pour trouver les waters et me soulager.

Sur le chemin du retour, j'ai pris sans réfléchir le premier corridor venu ; il m'a paru interminable. J'ai essayé de revenir sur mes pas, en vain… Le couloir où je me trouvais ne ressemblait plus à l'autre. Je veux dire que par rapport au précédent, à celui que j'avais emprunté dix minutes plus tôt, il semblait modifié. Je l'ai donc quitté, pour en prendre un nouveau, puis un suivant, et encore un troisième, et de dédales en couloirs, j'ai fini par m'égarer complètement, tournant en rond, marchant, cherchant…

Lamort. De la compagnie ! C'est tout naturel. Calmez-vous, souriez. Vous êtes le bienvenu parmi nous.

Le juge. C'est que… Je ne sais pas si… je ne voudrais pas m'imposer.

Lamort. Pas de manières entre nous ! Voulez-vous m'offenser ?

Le juge. Pas du tout, chère madame ! Je me présente : Julius Pétronus, juge à la Cour, fidèle à ses pairs et à la balance depuis 35 ans !

Lamort. Enchantée, Julius machin chose… Encore un nom à coucher dehors. Moi, c'est Lamort, comme ça se prononce, et en un seul mot. Et voici, Hölderlin !

Le poète. Vous aimez les bêtes, monsieur le juge ?

Lamort. Ne l'écoutez pas ! C'est une mauvaise langue. Un poète, un aigri, un parasite. Le bougre refuse les concours et les prix littéraires. Je m'efforce de le ramener à la raison, rien à faire ! Il est jaloux comme un pou, mais ça lui passera. Jouez-vous aux échecs, Monsieur le Juge ?

Le poète. Avec son allure, je miserais plutôt pour la crapette ou le carnaval Poursuite.

Lamort. Oh, vous ! Concarneau…

Le poète. Ah… (*Il s'écroule sur la table.*)

Lamort. Une bonne chose de faite… Il nous fichera la paix pendant un moment. Ah, cette jeunesse…
Vous savez ce que c'est ? Tout feu, tout flamme.

Les cœurs s'exaltent, s'embrasent, se révoltent. Où en étais-je, moi ? Ah, votre chapeau... Débarrassez-vous. Prenez vos aises. Vous ne siégez pas à la Cour ! Pour oublier vos soucis mécaniques, je vous propose un petit remontant. Ça roule, Raoul !

Le juge. Eh bien, si je m'attendais ! Une pareille rencontre, c'est... c'est... c'est tout simplement surprenant.

Lamort. Attention, votre bras me dérange... Poussez-le, merci. Je vous présente ma liqueur maison. Je vous sers ?

Le juge. Va pour un petit verre, mais juste un... sinon...

Lamort. Sinon, quoi ? Ne me dites pas que vous êtes au régime ! Un homme comme vous, de votre classe, ça jouit !

Le juge. J'ai un foie de bébé. Pas de bile, pas d'ictère, pas de cholestérol... je me porte comme un charme.

Lamort. À la bonne heure ! Buvons à Bacchus, mon capitaine ! Trinquons à notre rencontre et à la prospérité.

(Bruits de verres qui s'entrechoquent.) Alors, et ce breuvage… convaincu ? Un goût d'éternité, n'est-ce pas ? Les épouses honnêtes ne songent qu'à se brimer la vie de leurs bonshommes. Oh, mais j'y pense ! Ce n'est pas votre femme, au moins, qui vous interdit les plaisirs de la vie ?

Haut-parleur :

« Le petit Maxime est attendu par sa maman à l'entrée du magasin. Attention… Maxime est attendu par sa maman. »

Lamort. Une mère indigne ! Elle ne pouvait pas surveiller son mouflet ! Si je comprends bien, elle vous a à l'œil ?

Le juge. Qui ça ? Ma femme ! Je ne suis pas marié. Vous avez entendu ? La voix… La même que l'hôtesse du magasin. Je l'ai reconnue. Où suis-je ?

Lamort. Célibataire. À votre âge ! Un vieux gars, quelle aubaine !

Le juge. Oui. Non… Je l'ai été, mais je ne le suis plus. Ma pauvre épouse est morte depuis des années. Je suis veuf.

Le poète. *(Il se réveille.)* Un juge rouge comme une pivoine… Et, plus grave encore, un juge qui ment comme un arracheur de dents. Je plains la justice.

Lamort. Tiens, notre poète émerge. Il quitte les limbes et ses aurores bleuâtres pour nous taquiner. Dommage ! Nous étions bien tranquilles sans vous. Tout de même, pour vous libérer aussi vite, vos muses ne devaient plus vous supporter.

Le poète. Fichez-moi la paix ! Vous feriez mieux de vous occuper de votre invité. Regardez-le, il s'ennuie.

Le juge. Au contraire ! Je puis vous assurer que…

Lamort. Forcément. Vous déprimez tout le monde !

Le poète. Moi ! Comment osez-vous ?

Lamort. Oui, vous, et tous vos semblables ! Ce sont les beaux parleurs, les casse-pieds, les parasites comme vous qui démoralisent des hommes comme lui.

Le poète. Comment oses-tu ? Croquemitaine ! Épouvantail à pandémonium. Trompette du Jugement dernier !

Le juge. Je suis navré d'interrompre votre petite conversation, mais l'heure tourne. Il est atrocement tard. Je dois vous quitter…

Une jeune fille surgit. Elle claque la porte et s'écrie dans un demi-souffle avant de s'évanouir.

Aurore. À l'aide ! Sauvez-moi…

Le poète. Un ange…

Le juge. Une syncope.

Lamort. Un prétexte à la mords-moi-le-nœud… méfiance !

Le poète. Elle doit être gravement blessée…

Lamort. N'extrapolez pas ! D'où sort-elle avec sa robe de communiante ? (*Prestement, elle lui dégrafe sa robe.*)

Laissez-moi faire, j'ai l'habitude ! *(Elle lui donne des gifles.)*
Bonne nouvelle ! On ne dérangera pas le SAMU, son cœur bat comme une montre suisse.

Le poète. Moins fort ! Vous allez lui faire des marques.

Lamort. De quoi je me mêle ? Je connais les gestes qui sauvent, moi ! À 20 ans, j'ai passé mon brevet de secouriste.

Le juge. Regardez ! Madame est efficace. Sa méthode a du bon. Ses petits cils remuent. Elle ouvre grand ses yeux...

Lamort. Merci, Pétronus. Quel gâchis !
    Avoir vingt ans et se mettre dans des états pareils ! Je trouve ça lamentable. Sa figure fait sale... Ce drôle de teint verdâtre ne l'arrange pas du tout, elle est sûrement malade. Avec toutes ces verrues qui grêlent sa peau, je ne la trouve guère appétissante.

Le poète. Elle ressemble à une icône constellée de grains de beauté ! Sa joue se confond avec la pureté de l'ivoire, et son front virginal lui donne l'apparence d'un Botticelli.

On dirait un sucre. Une libellule !

Lamort. Une souillon, oui.

Le juge. Vous ne vérifiez pas son pouls ?

Lamort. Inutile. Écartez-vous, bon sang ! Vous nous étouffez.

Le juge. Du bouche-à-bouche l'aiderait…
   Et si vous dégrafiez son décolleté…
   Juste les boutons du haut,
   Pour lui permettre de respirer.

Le poète. Arrière, vieux satyre !
   Je vous interdis de mater ses seins.

Lamort. Elle a bougé ! Reculez.

Aurore. Où suis-je ? Que m'est-il arrivé ?

Lamort. On aimerait bien le savoir…

Vous venez de franchir en catastrophe la porte que voici, et de tomber dans les pommes; à part ça, nous ignorons qui vous êtes et de quel mal vous souffrez.

Aurore. Ils sont partis ? Oh, j'ai eu si peur…
Je m'appelle Aurore. Mais vous, qui êtes-vous ?

Le juge. Des amis… Ne craignez rien, mon enfant.
Vous êtes en sécurité ici. Je me présente : Julius Pétronus, juge depuis 35 ans au service de l'état, de l'ordre et de la vérité, sans oublier la République.

Le poète. Ne l'écoutez pas, mademoiselle !
Cet homme n'est pas ce qu'il prétend être. Il se dit Juge et républicain, mais c'est du pipeau. Vous parlez à un trafiquant d'alinéas.

   Bas les masques, recéleur de jurisprudences !
Jeune fille, je vous présente le Caïn du Code civil ! À propos, vos parents ne vous ont pas appris à vous méfier des inconnus ?

Lamort. Ferme ton clapet, rimailleur !

Le poète. Me taire ! Plutôt périr. Tricheuse, vendeuse d'eau de Javel !

Lamort. Tu l'auras voulu. Concarneau… Con-car-neau !

Le poète. Non…pitié ! Pas ça !
Arrêtez… Arr… ah, ah *(il tombe.)*

Le juge. Fichtre ! Que fabrique ce jeune homme, face contre terre ?

Lamort. Il se concentre. Ne vous bilez pas.
Dans cinq minutes, il sera sur pieds, et ses pitreries reprendront de plus belle.

Le juge. Ce garçon est un peu spécial. C'est une nature exubérante. Ses propos sont vifs, piquants, emportés. La jeunesse actuelle se trouve facilement désorientée.
Tenez, belle enfant. Prenez une gorgée de ce breuvage, et vous vous sentirez mieux. Parfait.
Buvez encore… Pouvez-vous parler ? Rappelez-moi votre petit nom…

Aurore. Aurore…

Lamort. Au lever du jour, les fleurs pataugent dans la rosée et les chauves-souris dansent la gigue, la tête en bas.

Le juge. Eh bien, Aurore… Que s'est-il passé ? Quelque chose ou quelqu'un vous aura effrayée ? Un voleur, peut-être…

Aurore. C'est que… je suis si fatiguée. Ils sont partis. Ils ne reviendront plus. Vous en êtes sûr ? *(Elle s'évanouit.)*

Le juge. Pauvre petite… *(Il lui parle à l'oreille)* Avec madame, nous veillerons sur vous. Vous avez ma parole d'honneur.

Lamort. Eh là, minute papillon ! Qui vous dit qu'elle ne joue pas la comédie ?

Les filles dans son genre, on ne sait pas d'où ça sort, mais tout le monde sait ce que ça vaut.

Des Tsiganes, des gosses de rien ou de l'assistance, la lie de la société, un genre qui pullule dans le coin.

Le juge. Pas cette demoiselle ! Observez-la attentivement, c'est la vertu incarnée.

Lamort. La vertu ! Et, pourquoi pas, sœur Séraphine de la Motte-Piquet royale ! Quelle blague ! Moi, des vertus pareilles, je les flaire rien qu'avec mon nez, je les renifle à cent pas comme des croupions de poulet.

Le coup est classique, remarquez. La morveuse débarque sans s'annoncer; elle vous joue la grande scène de l'épave, et une fois sur deux, le cave de service mord à l'hameçon. La preuve, vous larmoyez comme une fontaine ! (*Elle lui balance une serviette éponge*) Tenez, épongez-vous ! Vous dégoulinez !

Haut-parleur :

« Mesdames, cette semaine on vous gâte. Votre magasin casse les prix. Cirage, brosse à dents ou camembert Président, pour 5 euros seulement. Et, pour le même prix, n'oubliez pas la coquetterie du jour : une paire de bas à petits pois blancs. »

Le juge. Comment une figure comme la sienne, aussi candide et fraîche, pourrait tromper son monde ?

Je vous assure que cette petite a l'air honnête.

Lamort. Je vous aurai prévenu. Libre à vous de vous faire berner comme un bleu. Moi, je m'en lave les mains.

Le juge. Voyons… une frayeur pareille ne s'invente pas ! Regardez-moi ce gentil minois. Une vraie madone. L'innocence incarnée.

Et ses yeux… si doux, si clairs, ils brillent d'une limpidité déconcertante.

Lamort. Des yeux bleus, sans plus. Qu'est-ce que ça prouve ? Les Gitanes aussi ont de beaux yeux, et ça ne les empêche pas de rouler dans la farine les pigeons de votre espèce. Ah, quelle naïveté ! On voit bien que vous ne sortez pas souvent de votre Palais, magistrat Pétronus, ou bien, vous le faites exprès.

Le juge. Essayons de ne pas verser dans la polémique. Cette jeune personne a besoin de nous. Nous devons la protéger. Allons, Madame, soyez généreuse.

Vous avez du cœur, je le sais.

Lamort. Alors comme ça, j'ai du cœur ?

Le juge. Oui. Montrez-nous votre bon côté… Sauvez-la ! Sa survie ne dépend que de vous.

Lamort. *(Murmure entre ses dents.)* Ça, mon coco, je ne te le fais pas dire.

Haut-parleur :
  « Messieurs, pour vos dîners en tête à tête, n'oubliez pas la purée de brocolis : Sourcinette. Produit frais, par excellence, la purée verte accompagne tous vos plats. La goûter c'est l'adopter.
  Avec Sourcinette, on ne se casse pas la tête ! »

Le juge. Pressons, madame ! Qu'attendez-vous ?

Lamort. Aurore… Aurore, mon petit. C'est une femme qui vous parle. *(Elle lui tapote les joues.)* Une sœur, une mère, une bonne copine… réveillez-vous ! Allons, du nerf !

Le juge. Revenez à vous, jeune fille. En vous bousculant un peu, madame Lamort ne songe qu'à votre bien.

Lamort. Je veux bien aider… seulement, c'est plutôt longuet.

Le juge. Insistez, Madame. Mais si, vous vous débrouillez atrocement bien. Recommencez à la stimuler…

Lamort. *(Elle frappe les joues d'Aurore de plus en plus fort.)* Je stimule… Je stimule. Pour ce que ça donne…

Le juge. Et si on lui administrait une nouvelle gorgée d'alcool…

Lamort. Encore ! Toute ma bouteille va y passer… Enfin, au diable l'avarice. Tiens ma belle, bois ! Et maintenant, cause ! Nous sommes tout ouïe.

Aurore. J'ai si mal à la tête...

Le juge. Elle parle ! À la bonne heure ! Poursuivez…

Aurore.
    Je suis partie de chez moi, et… et…

Lamort. Mince, une fugueuse ! Il ne manquait plus que ça. Vous avez entendu, Pétronus ? Elle est partie de chez elle ! Si la Mondaine rapplique, nous sommes cuits.

Le juge. Silence ! Je représente la Loi, ne l'oubliez pas. Elle passe par moi. La Loi, c'est moi ! Je l'incarne, corps et âme. Reprenez votre récit, mon petit.

Aurore. J'étais sortie pour acheter un truc… Ou plus exactement, je voulais me procurer du maquillage.

Le juge. Du maquillage !

Lamort. Silence, Pétronus ! Si vous l'interrompez à tout bout de champ sa confession va durer des heures. Vous l'ignorez peut-être, mais je suis une femme très occupée. J'ai horreur de perdre mon temps.

Aurore. J'étais invitée à une fête… Une soirée organisée par des amis d'enfance. J'étais coiffée, habillée, prête à m'amuser, quand une tuile de dernière minute m'est tombée dessus. Un truc archi empoisonnant.

Un incident rageant, si vous préférez. Au moment de sortir, je me regarde dans la glace et là... j'aperçois mon nez. Mon nez luisait comme une tartine de beurre. J'ai cherché un peu de poudre de riz. Rien ! Plus un seul grain. Tous mes poudriers étaient à sec.

Lamort. La prochaine fois, essaie la farine ! Pour l'acné, c'est épatant... il paraît que ça fait sécher le sébum.

De mon temps, nous étions plus nature. Le genre gueule de croquemort ne nous attirait pas ; nous laissions le teint blanchâtre aux clowns !

Aurore. Qu'auriez-vous fait, à ma place ?

Je me sens si affreuse sans raccords. Même si ma peau n'est pas vilaine, je trouve mon nez trop gras. On ne voit que lui, quand il brille. Vous savez, il me complexe vraiment... Surtout si quelqu'un se met à l'observer de trop près. Je pique des fards. Je deviens littéralement rouge tomate. Si rouge, que tout le monde me regarde !

Lamort. Vos charmantes réflexions sur votre appendice nasal, on s'en tamponne !

Le juge. Surtout pas ! Continuez… Nous nageons en pleine intrigue. Chaque détail a son importance.

Aurore. Décidez-vous ! Que dois-je faire ? J'abrège mon récit en omettant l'essentiel ou je développe ?

Le juge. Reprenez…

Aurore. Où ça ? À ma panne de maquillage ?

Le juge. Non. Juste après… Que s'est-il passé après ?

Aurore. Eh bien… juste après, je me suis précipitée aux Grands-Magasins. J'hésitais entre deux marques de cosmétique, quand j'ai repéré des individus bizarres qui me filaient le train. Je suis partie à l'autre bout du stand, ils m'ont suivie. Crânes rasés et tatouages sur le front, ils avaient des têtes affreuses. Et puis, ils ricanaient, grimaçaient, parlaient fort. Ils s'esclaffaient en faisant dans ma direction toutes sortes de mimiques grossières…

Ils m'assaillaient de gestes obscènes.

Les vendeuses détournaient la tête, ou baissaient les yeux.

Je suis sûre qu'elles étaient mortes de peur. J'ai marché de plus en plus vite. Espérant les semer, j'ai commencé à courir ! Rayon après rayon, mes jambes devenaient du coton. Pressentant un danger immédiat, je ne songeais qu'à me sauver; ils me poursuivaient, se rapprochaient... et leurs ricanements roulaient vers moi comme des pierres. Soudain, un des types de la bande m'attrapa par le bras. Il essaya de m'entraîner vers une porte transversale. Je me suis débattue. J'ai couru, couru...

J'ai pris un corridor, puis encore un autre.

Ils me suivaient toujours. Leurs bottes claquaient dans mon dos, elles me talonnaient. Sans réfléchir, j'ai dévalé un escalier en colimaçon qui débouchait sur un couloir glacial, avant de me retrouver dans un cul-de-sac, une voie sans issue, obscure comme un caveau, d'où résonna un...

Lamort. Allons bon ! Elle a vu le grand méchant loup.

Aurore. Un cri, suivi de plusieurs hurlements...
J'ai entendu des... des... (*elle s'évanouit.*)

Le juge. Trois malaises en moins d'une heure !

Qu'en pensez-vous ? C'est du sérieux, non ?

À mon avis, le plus sage serait d'appeler un médecin.

Lamort. Ne paniquez pas… Elle nous fait une petite rechute. Laissez-moi opérer. C'est juste l'affaire de quelques baffes. À son âge, on résiste à tout.

(Célestine reprend ses tapotements sur les joues d'Aurore.)

Le juge. À tout, à tout… c'est vite dit !

Lamort. Pauvre gosse ! Vous l'avez tellement cuisinée. Vous auriez dû lui lâcher la grappe !

Tenez, aidez-moi à la porter. Attrapez ses épaules, et tirez fort. Je vais prendre ses pieds. Soulevez-la. Une, deux… et hop ! Sur la banquette !

Le juge. Sacrebleu ! Elle pèse son poids, la gamine.

Le poète. Le poids de la chair !

Broutille en regard du poids de la vie. Quand la chair meurt, le Verbe devient plume. Le temps se disloque, la nuit débloque, et les fées filent se mettre au vert.

Un grésillement suivi d'un éclair, semblable à une panne de courant. Puis, la fée de Cristal surgit.

La fée de Cristal. On parle de moi, j'accours ! Ciel, que se passe-t-il chez vous ? Un vrai champ de bataille. J'ai quitté deux personnes et j'en retrouve quatre.

Attention ! Couchée sur le dos, cette jeune fille peut s'étouffer. Si vous voulez qu'elle reprenne ses esprits, installez-la sur le côté. Je tiens ce remède de ma grand-mère, qui en connaissait un bout sur les malaises féminins.

Le juge. Par Napoléon ! Une apparition... Qui est-ce ?

Lamort. Une espionne des îles, ou une vague descendante de Joséphine Baker. Encore une qui s'est trompée de porte. Ne la dévisagez pas de trop, Pétronus, et surtout, ne lui adressez pas la parole ! Sinon, elle risque de s'incruster.

Le juge. Elle ressemble à un ange. Vous en cachez beaucoup des beautés pareilles ? Mazette ! De telles rencontres me comblent. À propos, je voulais vous demander... C'est vraiment un poète, votre ami ?

Lamort. Ami, ami, c'est vite dit ! Et poète, ce n'est pas gagné… S'il se décide, une fois pour toutes, à percer différentes parois, à se montrer sous un autre jour, à accepter les conseils que je lui prodigue, pourquoi pas ?

Un de ces quatre, son heure de gloire viendra.

Le poète. À chacun son heure… N'est-ce pas, monsieur le juge ? Aux vignerons malchanceux, le déluge, le phylloxéra et les récoltes mauvaises.

Aux maires corrompus, le carême des urnes.

Et aux poètes miséreux, la gloire posthume.

Le juge. Je vois… je vois. Vous devez en baver, sans jamais attraper le bon bout. Surtout dans votre domaine, où la réussite n'est pas donnée à tout le monde.

Combien de ratés pour un génie ! Là est la question ! Dans les matières artistiques, c'est la chance qui donne du talent, et non l'inverse.

Lamort. Bien dit, Pétronus ! Vous avez mis le doigt dans la plaie. Et comme Hölderlin et la chance ne se rencontreront jamais, je vous laisse deviner la suite.

La fée de Cristal se penche sur Aurore, écoute son cœur, et lui chante une comptine des Antilles.

« Dodo do ich mwen dodo
   Si eche mwen pa lé domi
   Gwo dyab'la ké vini pran
   Doridodo c'est papa qui l'a dit
   Doridodo c'est maman qui l'a dit »

Le poète. Je vous interdis d'imaginer quoi que ce soit sur moi ! La chance, la gloire et ses couronnes d'épines ne m'attirent pas. Je ne cours pas après. De plus, j'aimerais beaucoup, Face ténébreuse, que vous cessassiez de m'appeler Hölderlin en public !

Lamort. Pourquoi ? Ce petit nom affectueux vous déplaît ! Il n'a rien d'outrageant, que je sache.

Le poète. Venant de vous, tout m'est égal !
Vos moqueries m'importent peu. Mais pour le seul, l'unique, l'authentique poète des Hymnes, c'est un véritable blasphème.
        Vous salissez sa mémoire, madame !
Vous l'injuriez par personne interposée. Honte à vous !

Le juge. Hölderlin... ce nom me dit quelque chose. Ah !
J'y suis... Friedrich Hölderlin est un poète romantique
allemand. On raconte qu'il est mort fou.

Lamort. Mazette ! Quel savoir ! Vous nous épatez, mon
cher. Mais si... La Magistrature peut se frotter les mains, les
ténors de son chœur législatif ont trouvé leur chef.

Le poète. Lamort nous parle du Coryphée.

Lamort. Plaît-il ?

Le poète. Le Coryphée mène la danse et la musique.

*La fée de Cristal a cessé de chantonner. Elle se déplace vers le miroir
et, par endroits souffle dessus, s'amusant à faire des ronds de buée.*

Le juge. Le monde des Arts m'enchante...

Il m'a toujours attiré. Or, j'ai manqué d'audace.

À mon âge, le temps n'est plus à la double vie ou au
grand chambardement. Plus les années passent, plus la
sagesse me tient compagnie.

Mon corps vit au ralenti et ma mémoire marche à reculons. Mais dans ma jeunesse... Ah, si vous m'aviez connu ! Je n'étais qu'idéal et pulsions artistiques. Je voulais devenir comédien ou danseur étoile. Je m'enivrais de chimères. Bien entendu, je barbotais dans un océan de vanités. Je nageais dans une mer démontée, où mes rêves de grandeur se sont noyés.

La fée de Cristal. On ne plonge pas directement dans la mer. C'est dangereux ! La mer a besoin de préliminaires. Il faut l'aimer, la respecter, l'apprivoiser. Il ne faut pas la brusquer, sinon elle se cabre comme un pur-sang...

Pour l'amadouer, vous devez lui apporter des offrandes.

Les insulaires qui vivent à ses côtés, en récoltant les fruits de ses eaux, savent lui parler.

Dès leur plus jeune âge, les gens des îles maitrisent le langage des flots.

Le juge. Vous dire à quel point, ces rêves de grandeur m'ont taraudé l'âme et l'esprit... je ne le pourrais. Impossible ! Mes parents voulaient absolument m'envoyer à l'université. Ils n'en démordaient pas.

J'ai rechigné, négocié, résisté autant que j'ai pu, jusqu'au jour où mon père m'a littéralement forcé à y entrer.

Le poète. Bonjour la frustration ! Sur ordre du père, le fils obtempère ! Bye-bye couronnes de laurier ! Adieu paillettes, strass de Brodway et spots de Sunset boulevard !

Le juge. Voyez-vous, j'étais coincé. Mon père menaçait de me couper les vivres. À chacune de nos rencontres, il vociférait : « Persistez dans cette stupide erreur et je vous briserai, parole de Pétronus ! » Alors, j'ai pesé le pour et le contre. Ah ! J'en ai pleuré, mais la voie de la sagesse l'a emporté. Pour un jeune homme comme moi, issu d'une bonne famille et tout, et tout... se retrouver du jour au lendemain, sans un sou, en pleine bohème, et en marge de la société pouvait s'avérer traumatisant. À contrecœur, j'ai tranché. Préférant opter pour une vie raisonnable et me détourner à jamais d'un avenir en dents de scie.

Lamort. Moi, je vous comprends ! Si des fous courent se jeter dans la gueule du loup, ça les regarde. Vous, au moins, vous avez su parer au plus pratique et viser le plus rentable.

C'est beau, c'est franc, c'est noble !

Pétronus, bravo ! Vous avez réussi votre vie !

Le juge. Je reconnais que je ne suis pas mécontent de moi. J'ai appris à refréner mes passions de jeunesse, et la société n'a eu qu'à se féliciter de ma loyauté. D'ailleurs, ce que vous voyez briller là, sur ma poitrine, valait bien un sacrifice !

Lamort. Mince alors… Une médaille ! Elle est en quoi ? Argent ou platine… Montrez ! Du toc ! C'est de l'étain, votre machin. Fichtre, elle ne pèse pas lourd votre loyauté.

Le juge. Que voulez-vous, l'administration peine à la dépense. Et le budget de la justice c'est…

Lamort. Peau de balle et balai de crin !

Le juge. Exactement ! Nos dotations globales de fonctionnement fondent à vue d'œil. Une vraie peau de chagrin ! Pour en revenir à ma jeunesse mouvementée, vous vous trouvez devant un homme qui s'est essayé à toutes sortes de disciplines artistiques.

J'ai goûté à tout. Si, si… à tout ! J'ai travaillé successivement, comme peintre, chanteur, écrivain, musicien, et toujours, en cachette de ma famille. Un scandale aurait bouleversé mes parents. Vous comprenez ?

Le poète. Quelle pédanterie ! Quand je pense qu'une vie de recherches n'a pas suffi à monsieur de Buffon pour répertorier les espèces animales, que vingt années supplémentaires n'ont pas été octroyées à Honoré de Balzac pour nous éclairer sur les innombrables rouages de la Comédie humaine, et que ce coq prétend avoir tout goûté ! Il voudrait nous faire avaler une aussi grosse couleuvre ! Pour qui se prend-il ?

Lamort. Calmez-vous ! Le temps ne fait rien à l'affaire. Prenez Bouddha, il a bien eu sept vies pour nous convaincre. Sept… Et, pour autant, diriez-vous qu'il a réussi son coup ?

Le poète. En art, il ne s'agit pas de convaincre, mais d'exister ! La nuance est invisible à l'œil profane.

Le mystère, l'indicible, la subtilité vous dépassent.

Il vous faut du lourd, du concret, du palpable. Oh, et puis zut ! J'en ai soupé de vos velléités d'amateurs.

Lamort. Votre mépris me tourne les sangs. Un amateur peut avoir du talent. Beaucoup de talent… Vous voulez des noms !

Haut-parleur. (La voix devra se superposer à la confession du juge.)
« La direction informe notre aimable clientèle qu'elle ne peut être responsable des nombreux désagréments qui se produisent dans l'enceinte du magasin. En cas de litige, rentrez chez vous et tapez le 36-15 Sécuritas. Je répète… La direction informe notre aimable clientèle que des vols, pertes, agressions et autres incidents peu agréables, peuvent se produire à tout moment dans notre magasin. »

Le juge. Ne l'accablez pas. Ce jeune homme souffre. La vie se montre si rosse avec lui, son désarroi coule de source.

Personnellement, je bénis mon père de m'avoir coupé l'herbe sous le pied.

Merci, papa ! Toi qui es monté au ciel, le cœur apaisé par la réussite de ton fils, merci ! Merci, d'avoir écrasé dans l'œuf mes lubies et mes élans fantasques !

Ta sévérité m'a sauvé malgré moi. Grâce à elle, j'ai pu éviter les affres de l'insuccès et les maux de la honte. Tu m'as replacé sur le droit chemin. Père... en me mettant au monde une seconde fois, tu m'as sauvé la vie !

Lamort. Amen ! Eh bien, quelle confession ! Vous intronisez votre papa. Tout le portrait d'un saint homme !

Le juge. Un père, tout simplement.

Une inconnue bouge devant le miroir. Qui est-ce ?

Lamort. Une créole virtuelle, égarée sur le vieux continent.

Le juge. Je la reconnais ! Cette jeune fille nous avait brusquement quittés. Elle est bien jolie...

Le poète. Servez-lui votre sérénade en face, au lieu de baver comme un crapaud.

Vous nous amusez beaucoup, monsieur le juge. Et, vous lancer dans une carrière de clown, ça ne vous a jamais effleuré l'esprit ? Dommage ! Avec un don pareil, vous auriez ébloui la piste aux étoiles.

Lamort. Glissez, Pétronus… Laissez flotter les rubans. Il ne perd rien pour attendre. Avoir 30 ans au 21e siècle et traîner derrière soi une telle aigreur, c'est d'un dégoûtant. Un jour ou l'autre, ça finira mal. À propos, savez-vous qu'au cours de mes innombrables pérégrinations à travers l'Europe et même au-delà, j'ai connu un individu surprenant. Une rencontre inoubliable. Un événement extraordinaire qui vous marque les sens à jamais.

Le juge. Si je comprends bien, vous avez beaucoup voyagé ?

Lamort. Oui… Et je suis pleine de jolis souvenirs.

La fée de Cristal. Si vous le souhaitez, je peux vous raconter ma traversée de l'Atlantique sur un trois-mâts de contrebande. On nous avait chargés comme des caisses de bananes à Point-à-Pitre, sans nous prévenir que le trajet allait durer quinze jours. Une panne de tout le système de ventilation n'arrangea pas les choses.

La chaleur dans les cabines s'avérait insoutenable.

Elle attisait la nervosité des voyageurs.

Le jour suivant, des passagers en vinrent aux mains. La bagarre devint vite générale. Des marins déboulèrent avec des matraques. Ils cognaient sur tout ce qui bougeait. Sans savoir comment, je me suis faufilée parmi un groupe d'hommes qui ripostaient, et j'ai atterri sur le pont avant.

Une brise océanique s'était levée. J'étais seule… loin du brouhaha et de l'excitation furibonde de mes compatriotes. L'air du grand large agrippait ma taille, m'enlaçait. Il s'infiltra dans ma poitrine, vivifia mes cellules, caressa mes cheveux, m'enivra. Et mon corps retrouva son harmonie…

La mer se prélassait sur la coque du navire, elle chantonnait la berceuse des dauphins. J'ai grimpé sur le mât de misaine pour admirer la reine des flots.

Parée d'un dégradé de teintes pastel, elle ondoyait. Deux couleurs, le bleu de cobalt et le vert émeraude se détachaient du soleil, et de multiples moutons blancs frétillaient à sa surface. L'azur de l'eau épousait l'immensité céleste, et je me sentais bien.

Combien de temps, suis-je restée accrochée au mât ? Je ne m'en souviens plus…

Soudain, le ciel se tamisa de poussière d'or.

Une boule de feu déchira l'horizon.

Je vis le soleil couchant qui plongeait dans les entrailles de la mer, en éparpillant des gouttelettes rouge sang sur la crête des vagues. Puis, un homme a crié. Les passagers ont tous accouru… Trop tard ! À la surface de l'océan, raide comme un bout de bois, un cadavre dansait. Je suis descendue de mon perchoir et j'ai rejoint les autres.

Le lendemain, nous débarquions au Havre.

Le juge. Quelle épopée ! Je ne me suis jamais aventuré en mer… Me sentir cerné de tous côtés par tant d'eau m'angoisserait. Vous avez le pied marin, jeune fille. Pas comme moi ! Quand je songe au Titanic, et à tous ces gens qui ont péri dans une masse d'eau glacée, pour rien au monde je ne voyagerais sur un navire. Ces traversées maritimes sont forcément très risquées; elles ne m'inspirent aucune confiance.

La fée de Cristal retourne vers le miroir, et disparaît.

Le poète. Les camelots, les brocanteurs, et les satellites-espions apprécient grandement l'itinérance. Et j'en connais une, parmi nous, qui peut vous en parler.

Elle s'est spécialisée dans le négoce tout autour du globe ; hémisphère nord, hémisphère sud, aucune frontière ne lui résiste. Sa recette se trouve dans le mouvement, comme l'océan. Moteur, en avant toutes !

Lamort. Il a raison ! Ouvrez les écoutilles… Larguez les amarres ! Et que ça saute ! J'aime que ça bouge.

Courir le monde, c'est le métier qui l'exige !
Le commerce est basé sur le déplacement. Mais pour en revenir à mon histoire extraordinaire, elle m'est tombée sur le poil, au siècle passé. Oui, ça ne date pas d'hier.

À l'époque, je débutais dans la profession. J'étais très jeune, presque une enfant, mais j'ai foncé. Je me suis jetée à l'eau. Je débordais d'enthousiasme. On m'avait donné ma chance, je ne désirais pas la gâcher.

De mon temps, les vendeurs mettaient du cœur à l'ouvrage. Ils ne faisaient pas semblant, ils vendaient vraiment.

Hélas ! Tout passe, tout casse…

Le juge. Moi, le commerce me dépasse. Et vous exercez toujours dans ce domaine ?

Lamort. Toujours, c'est le mot. Parce que toutes les directions mènent à Rome, Pétronus, et au commerce ! La règle est d'or et sa devise immortelle ! Vous prenez le guide Michelin et suivez ses grands tracés… Route de la Soie, sentier des dames ou des écoliers, à la croisée des chemins tous les négociants se retrouvent pour marchander.

Ballots de tissu, lés de dentelle, vies de soldat ou sacs de billes, la loi du business fait tourner la planète, elle prévaut partout. On se croise, on se salue, on boursicote, on s'assassine à coups de boulier, et on repart.

Mais je m'égare… Je voulais vous parler de Prague. Le grand patron m'avait parachutée là-bas en pleine Guerre froide, et c'est précisément dans cette ville à l'architecture germanisée que j'ai rencontré un jeune homme hors du commun. Il exerçait la profession de clown.

Le poète. Ici-bas, nous sommes tous condamnés à jouer les clowns. Il suffit de réveiller celui qui sommeille en chacun de nous et…

Lamort. Il travaillait pour un cirque d'État.

Rien de bien folichon. Un vrai gâchis !

Dans ce pays, tout le monde travaillait pour l'État, il ne détonnait pas. Passons. Il devait être minuit...

Le poète. Dong, dong, dong… Minuit, l'heure du crime.

Lamort. Ou minuit et des poussières… Je collectionnais dix heures de commerce dans les mollets, et je devais rentrer à mon hôtel à pied. Dans le genre parcours du combattant, j'étais servie ! Avez-vous essayé d'attendre le bus ou de trouver un taxi derrière le rideau de fer ?

Autant chercher un louis d'or dans un cercueil percé ! J'étais épuisée, laminée, à bout de forces. J'ai marché longtemps sans rencontrer âme qui vive. Connaissez-vous Prague, la nuit ? Un vrai coupe-gorge ! Des rues vides, des places archi désertes et un pont Saint-Charles luisant sous la pluie comme du papier cadeau. Un pont aussi déserté que les Galeries Lafayette après les soldes !

Je me souviens que je commençais à trouver le parcours sinistre. Le froid attaquait mes membres. Mes mains gelaient sous mon manteau. Mon corps se raidissait. Je grelotais.

Soudain, une silhouette masculine a surgi dans la nuit.

Elle m'a intriguée. Je la voyais venir vers moi sans éprouver la moindre appréhension. Encore aujourd'hui, je ne m'explique pas ma réaction. Au lieu d'être envahie par un sentiment de crainte, une curiosité puérile me poussa vers un inconnu qui pouvait s'avérer dangereux.

Comme des feux de Bengale, nous nous dirigions l'un vers l'autre, traversant le cosmos et la Voie lactée. Le mystère de la rencontre m'excitait.

J'accélérais mon pas. Un corps me frôla. J'ai ressenti du chaud, j'ai ressenti du froid, et j'ai vibré… vibré comme la corde d'un violon, et mon cœur a joué du Chopin.

Soudain, badaboum ! Mon cœur cessa de battre, ma respiration se coupa, et je crus m'évanouir de plaisir. L'extase ne dura pas. Rien. Pas un geste, pas un mot, pas un regard ! Nos feux s'étaient croisés, sans plus.

L'individu avait continué son chemin, en me plantant sur le pont comme un bouquet de fleurs séchées.

Cependant, je n'avais pas rêvé ! Il était passé si près de moi, que j'avais senti son souffle sur mes joues. L'inconnu venait de découper le brouillard givrant en projetant mille étoiles sur mes lèvres et mon cou. Elles y dansaient, picorant ma bouche, réchauffant ma nuque.

Les gemmes de sa présence m'illuminaient d'un scintillement adamantin. Son attraction lumineuse m'éblouissait, elle me tétanisait.

Embarqué dans une situation aussi romanesque, tout homme normalement constitué eût été tenté d'engager la conversation ; pas lui !

Non seulement il ne m'abordait pas, mais il m'évitait ! J'étais médusée. Il s'éloignait en sens inverse. Il allait se fondre dans l'obscurité. Il allait m'échapper ! Le fiel du désenchantement commençait à m'envahir, des larmes de dépit refluaient vers mes paupières gelées, je me sentais humiliée. Ses talons résonnaient dans la nuit, il disparaissait. Ma réaction ne se fit pas attendre… Bien que transie de froid et grelottant de tous mes membres, sans hésiter une seconde, je fis demi-tour.

Puis, collant mes pas dans les siens, je le suivis.

Le poète. Venant de vous, quoi de plus banal ! Pauvre type, il aurait mieux fait de prendre ses jambes à son cou.

Le juge. Chut… Cette histoire me captive. Parbleu, elle me passionne. Finissez, Madame. Je vous supplie de continuer.

Lamort. Puisque vous insistez…

Monsieur le juge ordonne, je poursuis !

N'acceptant pas l'envol de mon apparition, je lui filai le train. En quittant le pont, elle fonça vers la vieille ville. Le jeune homme marchait d'un pas de fantassin. Son rythme à la Pégase pouvait me semer en moins de deux. Par chance, je tins bon. Je le suivis comme son ombre. Son souffle me guidait. Sa respiration, profonde et saccadée, avait tiré une corde entre lui et moi. Comme du liseron sur une muraille, je m'accrochais à ses soupirs. Sa poitrine haletait, et je le devinais tout proche. Oh, cette silhouette… Elle m'aura fait tourner en bourrique. J'ai marché, viré, erré dans les rues de Prague toute une partie de la nuit. Places, venelles, culs-de-sac les plus mal famés de la vieille ville, ma course n'en finissait pas. Je ne sentais plus mes pieds. Le vent d'est râlait comme un grognard en rasant les portes-cochères; il me rendait folle. Poursuivre une chimère, braver l'inconnu, brasser de l'air… J'étais devenue un moulin.

Le poète. Elle devient un moulin à paroles. Don Quichotte s'échappe de la Sierra mortale en sifflant un air andalou. Et ce coquin de mistral soulève les jupons blancs de Carmen !

Le juge. La suite, Madame, nous brûlons de savoir…

Le poète. Por favor… Songez aux blés mûrs, aux champs brûlés, aux derniers bourgeons de l'été.

Lamort. Ce satané brouillard me brouillait la vue, et pour ne rien arranger, j'étais trempée jusqu'aux os.

Mon renard sentait le vieux bouledogue, quant à mes extrémités, n'en parlons pas. Je ne ressemblais plus à rien. Une serpillère, voilà tout. À tordre ou à jeter. Un truc moche, quoi ! Il est vrai que j'aurais dû me méfier… Cette fourrure m'avait coûté toutes mes économies ou presque. « Rénarde bléou… rénarde bléou » disait le vendeur avec son accent à la mords-moi-le-nœud. Tu parles !

Le poète. À la Béria ! Oui… Son accent à la Béria. Renarde Guépéou, renard guep et couic !

Le juge. Mais le jeune homme… Qu'est-il devenu ?

Lamort. Je ne l'ai pas lâché d'une semelle !

Pour me semer, faut s'accrocher.

Il m'a fait tourner en rond pendant des heures, je n'en pouvais plus. La nuit se peuplait d'ombres chinoises. Des éclats de voix sortaient des murs. J'étais à deux doigts d'abandonner ma poursuite, quand soudain…

Le poète. L'inconnu a pilé net.

Lamort. C'est vrai ! Comment le savez-vous ?

Le poète. J'opère par déduction. Laissez-moi rectifier la situation. Il pile, vous vous arrêtez aussi. Cœur en suspens, souffle en berne, il vous attire dans une petite rue oblique.

Une rue sombre comme un faire-part.
Il vous entraîne dans une impasse, puis s'engage dans une autre voie sans issue. Attendez ! Je flaire le rebondissement.

Quelque chose va arriver, j'en suis sûr !

Lamort. Eh là, minute papillon ! Je t'interdis de me voler mon histoire.

Le poète. Calmez-vous ! Je promets de vous la restituer dans deux minutes.

Vous allez adorer ma version. Écoutez…

Retranchée dans l'encoignure d'un porche, vous n'aspirez qu'à le rejoindre. Cœur battant, vous vous approchez, mais votre homme repart. L'inconnu est en train de vous échapper.

Soudain, il se dirige vers le perron d'un immeuble délabré. Il grimpe une volée de marches et heurte par trois fois le loquet en bronze d'une énorme porte, engoncée dans ses ferrures comme une porte de prison.

Un miaulement interminable déchire les ténèbres.

L'ombre d'un chat siamois disparaît dans la brume.

Lamort. Vous extrapolez ! Le chat vient comme un cheveu sur la soupe. La réalité est tout autre… Je n'aspirais qu'à voir de près l'homme en question et, bien que morte de froid, je l'ai guetté le plus longtemps possible.

Le poète. Vous frissonnez, mais vous êtes tout excitée à l'idée de découvrir le vrai visage de votre proie.

Une loupiotte rase son cou. Et la lourde porte s'entrouvre dans un bruit fracassant. Miracle !

Votre sang circule à nouveau.

Il se dégèle, bouillonne, jaillit dans vos artères. Il se déverse dans tous vos vaisseaux et, en deux temps trois mouvements, vous vous suspendez au loquet en bronze.

Lamort. Le poète a du nez, il devine tout ou presque. Je me suis pendue à ce heurtoir à tête de lion que j'avais repéré en arrivant. Sans réfléchir aux conséquences, je l'ai soulevé. Plus lourd qu'un sac de gravats, il pesait une tonne. Je l'ai actionné trois fois et, comme par enchantement, la porte s'est ouverte.

Le juge. Quel suspens ! Et vous êtes entrée ! Moi, à votre place, je n'aurais pas pris un tel risque.

Le poète. Célestine a foncé, n'en doutez point ! Prague est une ville si mystérieuse. Elle regorge de repaires très excitants. Des bouges à faire fantasmer les touristes.

Lamort. Une cité fascinante.

L'architecture de chaque maison vous propulse dans un univers glauque. Le cadre, les murs, l'ambiance vous poussent dans des zones clandestines…

Le poète. Ses piliers, ses arceaux, ses façades branlantes, ses balcons tarabiscotés, ses encorbellements Renaissance…

Lamort. Et tout le toutim ! Mais à l'intérieur, quel choc… Je n'y étais pas préparée. Voilà, je passe la porte d'entrée, mais je ne m'éternise pas au rez-de-chaussée.

Le poète. Un escalier tournicote. On monte. On s'élève…

Lamort. Pas un bruit. Tout est silencieux…

Le poète. Mais on grimpe toujours… toujours…

Lamort. Sans transition, l'escalier débouche sur une salle immense, et là…

Le poète. Des néons !

Une armada de néons diffuse une lumière glauque, verdâtre, violente qui, sans aucune pitié, descend du plafond et arrose tout. Absolument tout.

Nul visiteur n'échappe à cet éclairage primitif.

Pans de murs, lames de plancher, portemanteaux, les ampoules balayent tout d'un œil inquisiteur.

Lamort. Une lumière blafarde, aveuglante, dérangeante…
Je clignais des yeux, totalement éblouie.

Le poète. Et ce n'est pas tout ! La vie grouille dans cette salle. Et quelle vie ! Sitôt que vos pupilles s'habituent à voir, et se remettent de leur aveuglement, elles s'élargissent, totalement étonnées. Le spectacle qui se déroule entre ces murs se décline sur un mode renversant.

Lamort. Je découvris un parterre de têtes, uniquement masculines ! Je n'avais jamais rencontré autant d'hommes d'un seul coup. Collés les uns aux autres, ils fumaient, poussaient des pions, remuaient leurs mains dans un silence de cathédrale. Assis, rangés par paire devant de gigantesques échiquiers, ils répétaient sans cesse le même geste comme des automates.

Le juge. Une salle de jeu ! Vous veniez de débarquer dans un tripot clandestin, c'est bien ça !

Le poète. Et quel jeu ! Pour ces joueurs, le temps n'existe plus. Seule, la passion qui les dévore leur sert de langage. La partie commence, et là… Des bouches muettes s'activent dans une respiration et un souffle communs.

L'homme qui joue change littéralement de peau.

Il se métamorphose. Il se sent investi par un autre que lui. Sa nature propre vole en éclats. Il subit une modification radicale, mentale, viscérale de sa personnalité. Un bouleversement intrinsèque détruit tout son être qui n'a plus la force de résister. Sa vie d'avant n'existe plus.

Ivresse des cartes, des échecs, de la roulette, un joueur ne se défait pas du jeu. Il y succombe !

Lamort. Ils sont possédés. Vous comprenez, Pétronus ?

Le juge. Bien sûr. Les vices ont la peau dure, et nous devons batailler ferme contre nos faiblesses. La vie nous tend des pièges, que nous devons apprendre à contourner.

Mais… et vous, Madame ? Égarée au milieu de tous ces hommes, qu'avez-vous fait ?

Lamort. Rien de spécial. Ou plutôt si…

Je me suis installée à une table et j'ai commandé une chope de bière à un garçon très zélé. Il portait des moustaches à la prussienne. Le style en colimaçon… (*Elle mime*) Un coup de fer sur la gauche, une frisette à droite, et deux ou trois tapotements à l'eau de Cologne pour relever le tout. Naguère, c'était la mode. Et je dois reconnaître que ces rouflaquettes possédaient un certain charme… les jeunes filles en raffolaient.

Le juge. Personnellement, avec ma peau de bébé, il est hors de question que j'utilise un fer à friser. Le coupe-chou m'irrite, et je supporte à peine le rasoir électrique.

Par chance, je ne suis pas très poilu !

Le poète. Prenez garde, monsieur le juge ! Le goût sucré de votre épiderme marmoréen risque d'attirer les guêpes.

Lamort. Tout de même, on a bien le droit de régresser.

Le poète. Digresser. La digression, Célestine, ne doit pas ouvrir les vannes de l'ennui. En particulier dans un récit… sinon, vous étouffez l'ensemble sous nos bâillements.

Lamort. Régresser, dégraisser ou transgresser, je ne vois pas la différence ! Vous jouez avec les mots, un point c'est tout. À quel endroit de mon histoire, m'avez-vous interrompue ?

Le poète. Vous nous racontiez votre charmant tête-à-tête avec le clown de Prague.

Lamort. Ça me revient ! En face de lui, la place se trouvait libre. Je n'ai pas hésité une seule seconde. Je me suis assise à sa table et, dans la foulée, je lui ai proposé une partie.

Le juge. Eh bien… Vous imposer de but en blanc à un inconnu, vous ne manquez pas de culot !

Le poète. Collante comme une mouche sur le cadavre d'une vache qui a dévoré un champ de luzerne, et jalouse comme une punaise de lit. Je vous présente Célestine Lamort, dame sans cœur !

Le juge. Sacrebleu !
Je vous trouve bien insolent pour un poète.

Lamort. Laissez, Pétronus… Chez lui, les bêtes tournent à l'obsession. Pour exister, notre Hölderlin a besoin de jouer les coqs. Va sucer tes pléiades, vermisseau !

Le poète. Quand débarquent les crachats du tonnerre, le ciel vire au gris souris et les coqs au vin s'enfuient dans la bruyère.

Le juge. Mon ami, vos interruptions incessantes sont déplacées. Nous ne sommes pas dans un hall de gare. Modérez-vous, que diable ! D'autant que j'aimerais bien connaître la fin de cette savoureuse aventure.

Le poète. La fin… la fin ! Parce que vous avez besoin d'une fin, vous ? Il existe des tas d'histoires sans queue ni tête. Des histoires qui n'ont pas de début et encore moins de fin. Elles n'ont qu'un juste milieu, et c'est aussi bien. L'histoire sans fin ressemble tant à la nôtre.

Lamort. Zut ! J'ai encore perdu le fil… Où en étais-je ?

Le juge. Au moment épique où vous l'accostiez.

Lamort. Oui. Je me suis assise devant lui et, d'emblée, nous nous sommes reconnus.

J'ai ressenti un coup de foudre instantané.

Le regard d'un homme ne ment jamais. Par les yeux, on se dit tout. Dans ces cas-là, point de bavardage. Les mots sont superflus. Ils sont ravalés au rang des petites choses sans importance. Alors que l'œil qui pénètre en vous, scrutant, déshabillant, fouillant au plus profond les méandres de votre être, vous envoûte, vous vivez une osmose oculaire. Une sensation divine…

Nous avons joué, et rejoué, sans penser à qui gagnerait. Et jamais, je n'oublierai cette partie d'amour platonique, ponctuée par le tic-tac sec et sonore des pendules d'échecs.

Vers 6 heures du matin, les joueurs ont commencé à ranger leur matériel et à quitter les lieux. Prague s'extirpait de son hébétude nocturne, elle se réveillait. Il était temps de nous séparer.

Le poète. À l'aube, toutes les villes se ressemblent.
Elles décollent leurs paupières endormies, et lancent leurs premiers cris. Les sirènes d'usines cinglent le jour naissant comme des lanières de cuir. Le signal du réveil est donné…

Peu à peu, la ville vagit, geint, hurle comme un animal battu, et commence à gesticuler.

Lamort. Je devais le retrouver vers 20 heures au cirque. Nous n'avions échangé que deux ou trois mots, sans évoquer son occupation, mais je le voyais bien dresser des chevaux.

Le poète. Raté ! Il jouait les comiques. Demandez le programme ! Madame Célestine Lamort et le clown de Prague… Entrez, cher public, le spectacle va débuter ! Pressons… Le cirque de Prague vous présente son tout dernier numéro. Vous en aurez pour votre argent. Place au rire ! Votre clown préféré s'apprête à traverser le rideau de fer. Il va monter sur des échasses, dérober la lune pour sa bien-aimée, lutter avec des fous, et embrasser Lamort. Ouvrez la cage ! Que l'oiseau s'envole, qu'il déploie ses ailes. Mesdames et Messieurs, n'hésitez plus !

Dépêchez-vous et… par ici la monnaie !

Le juge. Qu'est-ce qu'il vous prend de crier aussi fort ? Avez-vous perdu la tête ? Vous allez réveiller la petite…

Le poète. Les grosses voix terrorisent les enfants sages. Elles leur font une peur bleue… Pour s'en débarrasser et leur couper le sifflet, les lutins les balancent dans les marécages. Ils les envoient barboter avec les poules d'eau et les colverts. Quand vous entrez dans un cirque, monsieur, vous vous apprêtez à rire ou à rouspéter ?

Le juge. À dire vrai, j'y vais surtout pour me détendre.

Lamort. Ou pour distraire vos petits-enfants. Les chers petits anges… si bien élevés, si éveillés. Je les vois d'ici, mâchonnant de la gomme, crevant des bulles roses et collant leurs cochonneries sous les strapontins.

Le juge. Je n'ai pas d'enfant.

Célestine… savez-vous que vous portez un prénom charmant ? Je brûle de connaître la suite; après le numéro de ce jeune clown, que s'est-il passé ?

Lamort. Rien de spécial.

J'ai prolongé mon séjour d'un mois.

J'ai pris du bon temps, voilà tout !

Le poète. Trente jours pour roucouler, visiter la maison de Kafka, ou tripler votre chiffre d'affaires. Avouez ! Une finaude comme vous ne pouvait refuser une aussi belle tentation.

Lamort. Je vous interdis de saboter ma romance. Vous savez ce que vous êtes ? Un raté, un plumitif sans envergure, un coq à crête molle !

Le poète. Cot, cot, cot… poulet. Cot, cot, cot…
(Chantant sur l'air de la chanson de Gainsbourg « Sur la plage abandonnée… ») Sur sa crête ramollie, trois coquelets ont fait leur nid…

Lamort. Ironiste de bas étage !

Le poète. Insomniaque de basse-cour.

Lamort. Parasite ! Fumier…

La fée de Cristal sort du miroir. Elle se penche sur Aurore, l'évente avec un mouchoir, tout en écoutant la dispute.

Le poète. Ce compliment champêtre m'honore. Il servira d'engrais à mon prochain poème. Mais toutes ces vertes saillies ne nous éclairent en rien sur la fin de votre idylle pragoise. Je parie que vous avez liquidé tous vos contrats !

Lamort. De quoi je me mêle ?

Le juge. Je ne voudrais pas paraître indiscret, chère madame, mais ces fameux contrats que vous vendez, je serais curieux de les voir.

Le poète. Célestine joue les cachottières, elle adore ça. Sitôt qu'on parle d'elle, madame jubile. Regardez ses yeux… ils jettent des étincelles. Ses prunelles grésillent. Vous n'êtes pas très perspicace, monsieur le juge. Si vous étiez plus futé, vous auriez compris depuis longtemps que…

Lamort. Boucle-la ! Sinon…

Le poète. Après l'injure, la menace. Très bien. Je ne dirai plus un mot. Partisan des clartés feutrées, je me tais.

Après tout, il suffit d'être attentif. Un peu plus attentif que d'habitude, et là... Musique Amadeus ! Tous les silences se promènent dans la nature.

Écoutez ! Les silences se rapprochent... Regardez-les vagabonder dans les châtaigneraies ! Entendez-les frémir dans les joncs des marais, et même froufrouter dans le vacarme atonal des faubourgs !

La fée de Cristal. Puis-je interrompre votre discussion ? La jeune fille que vous avez abandonnée sur ce sofa aurait besoin d'un verre d'eau. Ses lèvres se craquellent, elle meurt de soif. Il fait une chaleur épouvantable dans cette pièce.

Le poète se redresse. S'empresse de remplir une carafe d'eau et revient vers l'évanouie. Puis, il s'efforce de lui donner à boire.

La fée de Cristal. Levez-lui doucement le menton, l'eau passera mieux. Monsieur, auriez-vous l'amabilité de me donner l'heure. J'ai quitté le Havre hier matin, et dans la précipitation, j'ai perdu ma valise. Ma montre, ma trousse de toilette, mes vêtements de rechange, toutes mes affaires personnelles ont disparu.

Lamort. Ben voyons ! Le coup de la valise… classique.

Le poète. Avez-vous essayé les objets trouvés ?

Le juge. Mademoiselle, si je peux vous aider, considérez-moi comme un allié.

Je me présente : Julius Pétronus, juge…

Lamort. Redressez-vous, Pétronus !

La métisse n'en demande pas tant. Elle cherche sa valise ! Et surtout pas un retraité en mal d'aventures.

La fée de Cristal. J'ai besoin de savoir l'heure, car je suis attendue. Apprenez que je n'ai pas quitté mon île par plaisir. Bien au contraire !

(*Au juge*) Monsieur, je suis ravie de vous rencontrer.

Aurore. (*Elle se réveille*) Où suis-je ?

Que s'est-il passé ? J'exige une explication !

Pourquoi m'avoir étendue sur cette banquette ?

Lamort. Pour vous empailler !

Le poète. Buvez ! Ne craignez rien, mademoiselle… Ne voyez en moi que votre sauveur. Votre ange gardien.

Aurore. (*À la fée de Cristal*) Et vous ? Qui êtes-vous ?

La fée de Cristal. On m'avait assuré que je trouverais facilement l'adresse de leur réunion annuelle. Mon Dieu ! Probable qu'elle n'existe pas. Et si j'étais tombée dans un piège… Dans ce cas, je serais venue en métropole pour rien !

Aurore. Tromper les gens avec de fausses adresses, quelle bassesse ! Que comptez-vous faire ?

Lamort. Qu'elle parte… Nous sommes complets.

Le poète. Toujours aussi aimable avec son prochain, Célestine.

Lamort. (*S'adressant à la fée*) Vous avez forcément noté l'adresse sur un bout de papier ! On ne voyage pas le nez au vent, sans prendre un minimum de précaution.

La fée de Cristal. Justement. Avant d'embarquer sur le navire, mon père m'avait soufflé l'adresse à l'oreille, et j'ai oublié de la noter. Comme tête en l'air, je me pose là !

Le juge. Vous pourriez téléphoner à votre famille.

La fée de Cristal. Mes parents n'ont pas le téléphone. Nous vivons dans un hameau en pleine forêt. Les télécommunications ne passent pas facilement sur mon île ; elles dépendent d'un système archaïque.

Même le courrier arrive au compte-gouttes !

Lamort. Mince ! Tu n'es pas sortie de l'auberge, ma mignonne. De mon temps, quand on voyageait, on gardait la tête froide. On n'allait pas tenter le diable. Loin de moi l'idée loufoque de me déguiser en épouvantail pour me présenter je ne sais où !

La fée de Cristal. Mon déguisement correspond à ma mission. Si j'échoue, des tas de gens n'auront pas d'autre choix que de quitter leur maison, d'abandonner leurs terres, et de trouver refuge dans les grandes villes.

Je suis venue sur le continent pour empêcher un désastre. C'est très important. Je dois absolument entrer en contact avec le président.

Aurore. Le président de la République !

Le juge. Sacrebleu ! Jeune fille, j'espère que vos intentions sont louables. Je ne tiens pas du tout à être mêlé à un complot. Avant de vous lancer dans un drame irréversible, je vous en conjure, réfléchissez !

La fée de Cristal. Je suis déterminée ! Ma mission consiste à donner une conférence devant le président de la Chambre de Commerce et de l'Industrie. Je dois lui demander des fonds pour la sauvegarde de notre hameau et des terres environnantes. Des promoteurs sont arrivés avec des bulldozers pour tout raser, et je dois convaincre le président et ses représentants commerciaux de ne pas toucher à notre patrimoine. Notre petit pays veut garder son oxygène.

La déforestation nous tue à petit feu.

Les arbres sont les poumons de notre île.

Sans eux, nous sommes perdus.

Le juge. Tout de même, vous avez entrepris ce grand voyage à la légère. On aurait dû vous renseigner plus sérieusement… En France outre-mer et Nouvelle-Calédonie, la CCI comptent au moins 6 chambres de collectivités. Pour dégoter la bonne, il vous faudra au moins dix jours !

La fée de Cristal. Selon vous, je serais venue pour rien ! J'aurais effectué un tel voyage sans rencontrer le président ! Impossible ! Les responsables m'ont invitée à Paris pour ça.

Je dois le convaincre de nous aider.

Essayez de me comprendre… Si je ne trouve pas son adresse au plus vite, ma mission tombera à l'eau.

Lamort. Moi, je sais où le président reçoit !

Aurore. Sauvée !

Vous n'aurez pas traversé les mers pour rien.

Lamort. Et vous n'oublierez pas de remercier Célestine, qui vous sort du pétrin.

Approchez ! Je vais vous donner l'adresse.

La fée de cristal vient vers elle, et Lamort lui parle à l'oreille.

La jeune fille s'écrie « Oh, merci ! » puis retourne au miroir qui l'absorbe.

Aurore. Puisque tout s'arrange, je peux rentrer chez moi. Que m'arrive-t-il ? J'ai la tête qui tourne… *(Elle s'effondre sur la banquette.)*

Lamort. Rimailleur, tu dors ! Vite, un gobelet…
Porte-lui un verre d'eau-de-vie. L'ingénue n'attend que ça !

Le juge. Hum, hum… Apparemment, ce jeune gandin ne semble pas à la hauteur de la situation.

Le poète. Alors que vous, vieux hibou, vous êtes un grand spécialiste. En particulier dès qu'il s'agit d'envoyer les gens au bagne ou de leur couper la tête.

Le juge. Je ne vous permets pas !
Vous m'offensez, jeune homme.
Je n'ai jamais… jamais, vous m'entendez, je n'ai fait appliquer la peine de mort !

Le poète. *(Il apporte un verre d'eau à Aurore.)* Pourtant, vous êtes juge ! Vous jouez bien du marteau, n'est-ce pas ? Auriez-vous oublié tous ces pauvres hères que vous avez envoyés aux galères, en laissant les vrais coupables en liberté ? Et les erreurs judiciaires... ces innombrables innocents aux vies brisées, y songez-vous ?

Aurore. *(Au poète)* Merci, vous êtes bien aimable.

(Elle lui sourit en buvant.) Vous devriez modérer vos propos... Non seulement votre exaltation peut blesser autrui, mais elle vous dessert. Je vous en prie, calmez-vous !

Le juge. Des innocents peuvent souffrir d'une injustice, je vous l'accorde ; mais que faites-vous des coupables ?

La loi ne se prétend pas infaillible.

Le poète. Ah, ah... Vous utilisez une pirouette bien mesquine ! Dire que je vous croyais humain et sensible !

Le juge. Et moi, je vous trouve bien virulent envers un simple représentant d'une profession qui conserve en son sein tous les fondements de notre société.

La république ne fonctionne pas sans la justice. Si la loi fortifie son squelette. Le tribunal représente sa raison d'être. Et la balance, son équité !

Lamort. Et, toc… ça, c'est envoyé Pétronus !

Le poète. Vous oubliez le revers de la médaille… Depuis sa création, la justice penche toujours du côté du plus fort. L'ordre et le profit coulent de ses lourdes mamelles. Et le désordre alimente son breuvage inquisitoire.

Le juge. Par exemple ! Vous revendiquez l'anarchie. Je m'en doutais… Cette façon si personnelle de vous emballer pour des broutilles. Cet air supérieur que vous affichez, pour un oui pour un non. Et malheur à qui ose vous contrarier ! Un poète ne se trompe pas. Comme un gardien de phare, il guette la vérité du regard. Rien ne lui échappe ! Mon pauvre garçon… Avant de me prendre en grippe, vous auriez dû m'interroger sur mes qualités et fonctions. N'oubliez pas que l'erreur est humaine…

On peut fort bien taquiner la muse avec brio, et ignorer le b.a.ba d'une profession. Je dis bien : b.a.ba !

Pour rappel, je vous signale qu'un tribunal comporte diverses juridictions. La matrice du droit ressemble à une grande maison, avec ses cours variées, ses chambres numérotées, ses halls interminables, et ses salles à huit clos. Ses pièces secrètes, si vous préférez. Au sommet de cette bâtisse, vous pénétrez dans des soupentes qui croulent sous des tonnes de dossiers à archiver.

Conclusion, dans un tribunal vous pouvez rencontrer autant de divisions que de juridictions. Et le rôle de la justice ne se limite pas aux seules affaires pénales.

Lamort. Et bing, et bang, en plein dans les dents ! Un nouveau point pour vous, Pétrone.

Le dandin est mouché !

Le juge. Ceci étant dit, à défaut de vous convaincre, j'espère vous avoir éclairé. Bien que simplifiée, mon explication sur les différents rouages de l'application du droit devrait vous suffire.

Je peux relever le front, jeune homme, et vous révéler sans détour qu'en trente ans de carrière, je n'ai jamais envoyé un seul condamné à l'échafaud !

Lamort. Là, je ne te crois plus ! Après tout, si un plombier colmate les fuites, un juge serre les coupables et les expédie ad patres. À chacun son job !

Aurore. Il dit vrai. Mais si... Je vous assure qu'il est sincère, et je sais pourquoi.

Lamort. Voyez-vous ça ! Une ressuscitée ! À peine sortie des tentacules du néant, la donzelle cause. Elle nous glorifie l'ordre établi. Ah ! Jolie mentalité.

Le poète. La polémique lui redonne des couleurs, et son gracieux visage resplendit. Ô déesse ! Parle... Nous t'écoutons.

Aurore. Je vous assure que vous vous excitez pour rien. Déjà, parce que dans notre pays la peine de mort a été abolie. Ensuite, parce que ce monsieur exerce la profession de juge aux affaires matrimoniales.

Les divorces, vous connaissez ?

Lamort. Et comment !

L'agonie des épousailles, les serments jetés aux orties, les couples rongés par la haine… Mes amis, nous sommes tombés sur un amateur de drames domestiques. Vu sa binette, j'aurais dû me méfier.

Le poète. Sans conteste un pistonné...

Le juge. Bravo, mademoiselle ! Toutes mes félicitations. Mademoiselle comment ? J'ai oublié votre…

Aurore. Aurore ! Ne m'encensez pas, je n'ai aucun mérite. Deviner votre spécialité fut un jeu d'enfant. Il se trouve que je suis une habituée de ce genre de procédures.

Ma sœur a divorcé quatre fois, mes parents deux fois, et ma meilleure amie vient d'achever la procédure de son cinquième… non, sixième divorce !

Le poète. Ce genre de commerce ne connaît pas la crise. Vous devriez vous recycler, Célestine. En pariant sur les divorces, vous pourriez faire fortune.

Lamort. Miser sur des cœurs cabossés, beurk !

Se farcir des griefs à longueur de journée, ramasser des cornes de maris à la petite cuillère ou calculer les pensions alimentaires, merci bien ! C'est trop rasoir comme job.

Le poète. Job raillé par sa femme…

Lamort. Sans oublier le linge sale des époux... Toute votre intimité déballée en public. La preuve apportée par les dessous souillés. Les taches adultérines photographiées dans les draps. Quelle plaie !

Le juge. L'homme s'habitue à tout. Moi, par exemple… Au début, j'ai trouvé ma tâche épouvantable. Chaque divorce me chagrinait. Les séparations me rongeaient les tripes. J'aurais donné ma chemise pour que ces mariés se rabibochent.

J'étais si jeune… si inexpérimenté… Les voir défiler dans mon bureau me déprimait. Reproches, lamentations, partage des biens, des enfants, déballages intimes, réquisitoires des avocats, sans oublier les larmes, les filatures, les menaces.

Ah, toutes ces rancœurs de couples me bouleversaient !

Lamort. Hou là... hou là ! Quelle petite nature ! Un divorce, ce n'est tout de même pas la mer à boire.

Vous poussez le bouchon, Pétronus !

Le juge. À peine, Célestine, à peine... J'étais pris entre deux feux comme à la guerre. Parfaitement, la guerre ! Et le mot est faible. Je recevais des hommes et des femmes qui s'écharpaient dans une lutte sans merci et se livraient à un véritable combat.

Le poète. Passionnant ! Et si nous parlions d'autre chose... Vos souvenirs professionnels me sapent le moral.

Lamort. Vous préférez les vôtres ?

Le poète. Ô, vous ! Je vous déteste.

Lamort. Vous venez d'entendre une déclaration d'amour de notre grand poète ! Que voulez-vous, ma nature profonde l'intrigue. Elle déclenche son inspiration.

(*Au poète)* Au fond, je ne vous en veux pas.

La haine, dans votre bouche, c'est du Mozart.

Voix dans le haut-parleur :

« Votre magasin vous invite à la grande tombola de printemps qui se déroulera le samedi en 8. N'oubliez pas vos tickets ! Des centaines de lots à gagner, et le gros lot, le gros lot… »

Lamort. Vous disiez, Pétronus ?

Le juge. L'expérience m'a conduit à changé d'avis : tout mariage se conclut par un contrat. Le jour J un vulgaire formulaire vous sera remis par monsieur le maire. Des feuilles notariées qui feront les délices des fonctionnaires et de l'administration, quand sonnera l'heure des règlements de comptes. Dès lors, à quoi bon embobiner la jeunesse avec une telle comédie ? Un contrat reste un contrat ! Les maquignons en signent tous les jours dans les foires. Ils pèsent, évaluent, négocient la marchandise et… ils payent !

Aurore. Que dites-vous là ? Des époux qui s'aiment peuvent très bien s'unir différemment. L'amour vrai existe…

Le juge : Oh, l'amour…

Une chimère qui rapporte. Une denrée pour les pauvres.

Lamort. Mazette ! Les bras m'en tombent. Notre Pétrone vient de célébrer l'amour libre et le Pacs.

Le juge. Le Pacs ! Loin de moi, une idée aussi carnavalesque…

Lamort. Quelle lucidité ! Vous, au moins, on peut dire que vous possédez le sens des réalités. Pétrone, je vous félicite. Nous sommes sur la même longueur d'onde.

L'amour… un mot qui fait vibrer les poètes, les rêveurs ou les fauchés ! Ils salivent tous après; mais dès qu'il s'agit de passer à l'acte, ceinture ! Avec eux, le désir devient maladif; il tourne systématiquement à l'impuissance chronique, et leur goût des femmes vire à l'amertume. Le grand frisson, ils l'ont toujours là-dedans. Il est fourré dans leur caboche, mais jamais où je pense !

Aurore. Pour en parler aussi crument, on voit bien que vous n'avez jamais été amoureuse.

Lamort. Non, mais je rêve ! Alors comme ça, la péronnelle débarque, joue les grenouilles effarouchées, et dézingue son monde en un clin d'œil. Elle se prend pour qui, la morveuse ? Pas amoureuse, moi !

Et tu connais quoi, de la vie et des hommes ? Rien, zéro, macache bono. Bon sang, regarde-toi ! Pas plus grasse qu'un pigeonneau, je peux fourrer le doigt à travers toi, comme dans le grillage d'un confessionnal. Avec tes pattes d'hirondelle qui te donnent l'air de frétiller dans le vide, tu voudrais nous convaincre que tu as fait le tour de la question ! Tu devrais t'étoffer un peu, ma belle.

Sache qu'à mon sens, le plaisir gouverne…

Aurore. Vos sens, on voit tout de suite ce que c'est.

Lamort. Mademoiselle se rebiffe…

Aurore. De la coucherie, et rien d'autre ! Le plaisir sans amour, c'est de la pornographie !

Lamort. Sans rire ! La grenouille persiste et signe. Une telle naïveté chez une jolie fille me met les nerfs en boule.

Et l'amour sans plaisir, qu'est-ce que c'est ?

Le poète. De la sublimation.

Lamort. De mieux en mieux !

Si je comprends bien, le type qui va au bordel ne fornique pas, il sublime !

Le juge. *(Il se chuchote à lui-même.)* Si je veux sortir de ce gourbi le plus discrètement possible, sans me faire remarquer, je dois me souvenir par quel chemin je suis arrivé jusque-là.

Le poète. Quand je parle de sublimation, je me situe à des années-lumière du fantasme ordinaire. Dans une maison close, l'homme ne sublime pas, il court à l'essentiel. Ou si vous préférez, il cède à une irrépressible envie de cochon.

En général, cet homme se trouve sous pression. Psychiquement, il se sent diminué. Il veut échapper à la routine, à ses complexes ou à ses multiples emmerdements quotidiens. Le plus souvent pris au piège de sa nature bestiale, il a besoin de se vidanger.

Sans plus se poser de questions, que fait-il ? Il s'offre la plus vieille méthode de décompression hygiénique, physique et mentale de l'humanité, le sexe !

Le juge. Comme vous y allez… à vous entendre, on pourrait croire que l'humanité tout entière ne songe qu'à se vautrer dans le stupre et le péché de chair.

Aurore. Je connais des tas de femmes qui ne critiquent pas les maisons closes. Même maman est pour !

Elle prétend que, privés de bordel, la plupart des hommes deviendraient des monstres.

Que leur nature profondément dépravée et couramment obsédée remonterait en moins de deux à la surface.

Et que leur vie de famille en serait toute dévastée.

Le juge. En un sens, madame votre mère n'a pas tort.

Si nous prenons le phénomène d'un point de vue purement clinique, force est de constater qu'au lieu de tomber sur des malades à la sortie des écoles, la bonne société préfèrera toujours que des frustrés ou des détraqués sexuels soient enfermés dans un bordel.

Aurore. Maman dit aussi qu'une épouse ressemble à la pièce montée d'un foyer heureux, tandis que la prostituée fait penser à de la glace fondue.

Lamort. Par Belzébuth !

Elle dit tout ça, votre mère !

Aurore. Bien sûr ! Elle milite dans une association qui aide les filles de joie à quitter le trottoir.

Lamort. Les inciter à fuir la rue, pour mieux les réinsérer dans une maison close…

Joli programme. C'est du propre !

Le juge. Voyons, Célestine…

Modérez-vous, sacrebleu !

Aurore. Cette association a été déclarée d'utilité publique ! Elle est catholique et au-dessus de tout soupçon.

Lamort. Une association qui transforme des putes en bonnes sœurs ! On va y croire !

La scène se retrouve dans le noir.

Aurore. Je n'ai pas dit ça… Que se passe-t-il ?

Haut-parleur :

« *La direction vous prie de l'excuser pour cet incident technique. Le courant sera rétabli dans un court instant. Ce samedi en 8, venez nombreux à notre grande tombola. Des lots, en veux-tu, en voilà ! Tout le monde peut gagner. Tentez votre chance. Parlez-en autour de vous. Et, n'oubliez pas, samedi en 8, tout peut arriver !* »

Aurore. J'espère qu'ils vont remettre le courant… L'obscurité m'oppresse.

Le poète. Ah, l'amour ! Quel astre, quelle extase, quelle énigme ! Il joue à cache-cache. Il passe de l'ombre à la lumière. Spontané, capricieux, irréfléchi, il se glisse comme un brigand éméché dans un tableau hollandais.

Ciel, l'amour pousse la porte !

Sans gêne, il s'invite dans l'atelier de Jan Van Eyck, s'attarde devant le chevalet du maître et finit par rosir la joue de la petite Margarit, son modèle préféré.

Sa main miroite dans un collier d'émeraude aux reflets d'eau claire. Prête son pinceau au génie artistique. Épouse des formes invisibles à l'œil nu.

Il veut retenir sa promise. Trop tard !

L'élan de son cœur se fane. La couleur primitive s'écaille. Et le temps se rapproche de lui en faisant sonner sa boîte aux oublis. Rapide comme l'éclair, l'amour échappe à la mort, en traversant les vitraux d'un intérieur inachevé.

Lamort. Dis Hölderlin, tu versifies ou tu perds la boule ?

Le poète. Ni l'un ni l'autre. Occupé à dénoyauter mes innombrables doutes, sur l'amour en particulier et sur l'existence en général, je m'interroge.

Lamort. Tu parles d'une cerise !

Écoutez tous ! Notre poète se lance dans la confiture. Un vrai pot de marmelade. Confiote, griotte, patriote... moi aussi, je rime ! (*La pièce s'éclaire*) Et la lumière nous éblouit, ce qui n'est pas du luxe !

Aurore. Vous êtes marié, monsieur le juge ?

Le juge. Heu… Oui, j'ai aimé une femme, mais le destin nous a cruellement séparés.

Aurore. Vous avez divorcé ?

Le juge. Surtout pas !

Le cher ange… Elle m'adorait. On ne quitte pas une femme aimante. À ses côtés, j'ai vécu quarante ans de bons et loyaux services, quarante ans de patience et de fidélité.

Lamort. Quarante années de purgatoire, conjointement expiées. Pauvre femme, je la plains. Elle n'a pas dû se marrer tous les jours. Le mariage, c'est l'enfer à deux.

Une belle supercherie !

Aurore :

Au contraire !

Le purgatoire en amoureux ne peut-il pas procurer de bons moments ? Les mots doux, les dîners aux chandelles, le septième ciel sous la couette…

Le juge. La tendresse.

Le poète. Les baisers en quinconces. Les clins d'œil complices.

Lamort. Les caresses volées. Les mensonges sous vide.

Aurore. Les anniversaires, les nouveau-nés, les repas de famille sous une tonnelle ombragée.

Lamort. Les pieds plats, les vermifuges, les bains de siège, la chasse aux poux.

Sans oublier, les pipis au lit, les pantoufles dévorées par le chien, les arêtes de poisson, les alibis du samedi soir, les odeurs du pot de chambre, les traces de rouge à lèvres sur un col de chemise.

Le poète. Se quereller les jours de pluie, pour mieux se retrouver dans le frou-frou soyeux des draps.

Le juge. Un mariage idyllique. Avec ma femme, j'ai vécu en osmose. Le cher ange représentait la douceur incarnée. Pas un reproche. Pas l'ombre d'une suspicion. Pendant toute sa maladie, elle s'est comportée de façon exemplaire.

Nulle plainte n'est venue effleurer ses lèvres. Nul soupir de découragement ou plus petit mouvement de révolte. Elle s'est comportée en sainte ! Oh, je revois sa douce figure, si pâle les derniers temps. Elle était étendue sur notre lit qu'elle ne quittait plus… Quelle tragédie ! Ses menottes, ses belles mains devenues si blanches, presque translucides… (*Il se mouche.*) Quand son souffle s'est arrêté… ce fut… je ne peux pas l'oublier. Pardonnez-moi.

Le juge s'effondre, le corps secoué de sanglots. Lamort vient vers lui.

Lamort. Allons ! Du nerf, Pétrone ! S'attendrir sur le passé, c'est du poison pour vos viscères. Vivez le présent, ça vous remontera ! Tenez, pour raviver le moral des troupes, je propose de lever le coude en l'honneur des épouses exemplaires.

Le poète. Méfie-toi, boutiquière ! Pour une fois, tu n'es pas tombée sur des clients ordinaires. Ces deux-là semblent intègres.

Sans s'occuper de l'avertissement, Lamort sert sa liqueur aux invités.

Aurore. Merci ! Hum, délicieux. Qu'est-ce que c'est ? On dirait du jus de fruits.

Le poète. Elle vous a donné un tord-boyaux de sa composition.

(Lamort lui tend un verre, il le refuse.) Merci, sans façon !

Lamort. Mon nectar rencontre un succès fou.

Jeunes ou vieux, les clients s'arrachent mon eau-de-vie. Et quand vous connaîtrez ses vertus, ses bienfaits et propriétés, vous l'adopterez pour le restant de vos jours.

Le juge. Chère Célestine, je ne suis pas spécialiste en sirupeux, mais plus je déguste votre liqueur, plus j'ai l'impression de me sentir heureux. Je ressens un pur bonheur.

Le poète. Vous buvez un vrai lolo à séraphins…

Lamort. Merci, Pétrone. Ce compliment me touche et me va droit au cœur. Vous avez dit bonheur ? Eh bien, apprenez que ce bonheur porte un nom : l'Eau de paradis !

Et comme tout produit plébiscité par la clientèle, il est exportable. Mon breuvage se vend dans le monde entier !

Le poète. Il suffit de l'emporter dans une petite gourde, et d'en avaler une rincée en toute occasion.

Aurore. De l'Eau de paradis…
    J'en bois pour la première fois !

Le poète. Ou la dernière…
    Dépêchez-vous de faire un vœu.

Aurore. Me prenez-vous pour une enfant ?

Le poète. Non. Pour un ange.

Le juge. Hum, hum…
    Je savoure cette eau et la tête me tourne un peu. Pourtant, quand je songe à la magistrature, à mon chemin de Damas et à la robe noire bordée d'hermine qu'un homme comme moi a dû endosser, pendant 35 ans, ma poitrine se gonfle comme un ballon, et je suis fier.

Fier de cette vie bien remplie que je laisse derrière moi. Fier d'avoir consacré toute mon existence au bien de la cité.

Aurore. Je voulais vous poser une dernière question… En tant que magistrat, que pensez-vous des crimes passionnels ?

Le juge. Je crois au secret de l'instruction ! D'autant que les affaires criminelles s'avèrent très complexes.

Le poète. En mal comme en bien, l'homme ne connaît plus ses limites. Et si Pétrone nous cuisine son Satiricon, préparez vos écuelles.

Lamort. Expliquez-vous, Pétronus ! Vous nous mettez l'eau à la bouche, et puis, vous nous assoiffez. Vous jouez avec nos nerfs !

Le juge. C'est que... je ne voudrais pas m'épancher sur des décisions tarabiscotées qui pourraient entacher l'honneur de mes pairs. Comme les curés, nous sommes tenus à la discrétion et à l'inviolabilité de la confession.

Le poète. Tout de même… Vos pairs en ont vu d'autres !

Lamort. Et ils en verront encore…

Des vertes et des pas mûres. Et des cramoisies, à faire cailler le lait de brebis. Allez, du cran, Pétronus ! Lancez-vous ! Nous sommes de vrais tombeaux. Parole de scout ! Le secret ne sortira pas d'ici.

Le juge. Justement ! Avec les fuites, on ne sait jamais… Par un beau matin, vous entrez dans le premier bar venu. Vous vous sentez barbouillé, cafardeux, mal dans votre peau. Un voisin vous observe par en dessous, il tapote le zinc de ses gros doigts velus. Avec son oreille posée en coin, il vous attend au virage. Il guette votre trop-plein d'aveux. Ses sourires vous séduisent. Pour lui, vous avez la tête de l'emploi. Soudain, pour vous libérer du poids du secret, en deux minutes chrono, vous vous mettez à table. Vous avez beau serrer les dents, vous ne pouvez plus retenir votre bouche. Elle bouge, crache, déblatère. Elle lâche tout !

Et le soir même, tout le topo se retrouve à la une.

La fuite s'étale là, sous vos yeux, en caractères gras.

Elle s'affiche dans tous les kiosques, sur tous les écrans de télé, et dans toutes les chaumières, jusqu'au fin fond de la Creuse.

Lamort. Nous nageons en plein mystère. Dites, Pétronus, votre chose à cacher, ça ne serait pas, un secret d'État ?

Le juge. Qui sait…
(*Il sirote son verre de liqueur sans en perdre une seule goutte.*)

Le poète. Mais si votre affaire concerne l'État, raison de plus pour la divulguer.
Le peuple s'en régalera. Un bon confident trahit toujours son roi.

Aurore. C'est dégoûtant de faire du lèche-vitrine avec les sentiments d'autrui. L'amour se cultive comme un jardin secret.

Lamort. Mince ! La pimbêche nous sermonne. Elle parle comme dans un roman-photo. Si on ne peut plus s'aimer en plein jour, où va-t-on ?

Le poète. Autant que vous le sachiez tous… Quand Célestine désire un homme, Cupidon brise ses flèches et court s'encanailler à Sodome et Gomorrhe.

Lamort. Vous êtes témoin, Pétronus ! (*Endormi, le juge sursaute.*) Cet avorton me cherche des noises. Il m'insulte !

Aurore. L'amour réalise tant de miracles !
J'ai lu dans un livre qu'une jeune fille paralysée avait retrouvé l'usage de ses jambes grâce à l'amour d'un bel officier.

Le poète. Si c'est le gaillard auquel je pense, il était trop imbu de sa personne pour s'intéresser à une femme autrement qu'en Don Juan.

Aurore. Pas du tout ! Au commencement de leur idylle, il se montre coureur et égoïste, mais au fil du temps, sa conscience s'éclaircit et sa nature aimante reprend le dessus.

Le poète. S'améliorer… lui ! En buvant comme un trou.

En jouant aux cartes. En courant après tous les jupons qui passent à sa portée. Allons, ouvrez les yeux ! La demoiselle ne retient son attention que parce qu'elle est riche. Son officier collectionne les conquêtes comme des coquillages. Il porte l'uniforme comme un rustre. Son existence est rythmée par les paris et les soirées de débauche avec ses camarades de chambrée. Et sa conception de l'amour se confond avec son ambition. Désolé de vous décevoir, mais votre héros romantique n'est qu'un bellâtre !

Lamort. Exactement mon genre d'homme. Tonique, pétillant, fougueux comme un pur-sang… J'adore !

Aurore. C'est un séducteur, mais la rencontre de cette jeune fille va le soustraire à cette vie futile. Grâce à l'amour qu'elle lui porte, le lecteur verra sa métamorphose.

Le poète. Si vous relisez attentivement la description du personnage, que dit-elle ? Ce galonné moustachu ne songe qu'à son plaisir et à sa carrière. Il se moque bien des cœurs sincères. Même sa pitié sonne faux ! Et la jeune fille qu'il va séduire finira, ne vous en déplaise, par se suicider.

Lamort. Le suicide, à présent ! Notre Hölderlin extrapole. Une vraie manie… Sitôt qu'il aperçoit une trace de sentiment amoureux dans l'air, son côté noirâtre reprend le dessus, et son imagination vire au drame.

Le poète. Je n'invente rien. Elle se supprime, un point c'est tout. Adressez-vous à l'auteur, si la chute du livre vous déplaît !

Aurore. Dans mon ouvrage, elle ne se suicidait pas.

Le juge. Pardonnez-moi, je m'étais assoupi.
De quel auteur parlez-vous ? Je le connais peut-être…
En tant que grand lecteur de romans populaires et d'essais relativement pointus, je puis vous aider en vous fournissant une liste de noms.

Le poète. Exilés au Brésil, Stefan Zweig et sa seconde épouse mettront fin à leurs jours, en février 1942. Dans le pays qu'ils venaient de quitter, les fascistes commencèrent par incendier les livres. Puis, ils assassinèrent des vieillards, des malades mentaux, des femmes et des enfants.

La peste noire avait envahi l'Europe.

Lamort. La peste ! Il ne manquait plus que ça.

C'est fou, ce qu'on s'amuse !

Le poète. Le point culminant de son roman tourne autour d'un sentiment complexe : la pitié. Le handicap de la jeune fille nous plonge dans la confusion. Chapitre après chapitre, les questions qui nous taraudent l'esprit sont les suivantes : l'amour peut-il attendrir le cœur d'un ambitieux ?

Sa pitié se changera-t-elle en passion amoureuse ?
Aurore, loin de moi, l'idée de vous contredire, mais l'auteur ne sauve pas son héroïne. Elle saute dans le vide; et son bel officier, retardé au mess par une nouvelle aventure féminine, arrive trop tard.

Aurore. Dans mon livre, il l'aime sincèrement et la sauve !

Le poète. Vous avez pu confondre !

Êtes-vous certaine que la jeune fille a perdu l'usage de ses jambes ? N'est-elle pas aveugle ou affligée d'un autre handicap ?

Aurore. Vous me prenez pour une idiote !

Comme tout le monde, j'ai lu « La Pitié dangereuse ! »

Lamort. Passionnant ! Je propose un entracte.

Votre discussion littéraire finit par casser l'ambiance. Toutes ces chicanes à propos de vieux bouquins me font bâiller. La preuve, Pétrone s'endort, et nous nous écartons du sujet !

Le poète. Si tu veux nous rattraper sur le mont Olympe, chausse tes cothurnes, Célestine !

Lamort. Toujours à étaler vos connaissances, vous vous croyez à l'université ? Ras-le-bol, de vos romans et de vos chimères ! Vous nous saoulez, mon ami.

Le poète. Les romans ne sont pas des chimères. Ils prennent corps dans la vie. C'est une question de substance, d'essence, de parfum. De mémoire qui restitue un éclat de lune sur un profil aimé. Que cela vous plaise ou non, une fiction prend sa source dans la réalité.

Ensuite, l'inspiration coule comme un ruisseau. En écrivant la Pitié dangereuse, Stefan Zweig n'invente pas. Il crée ! Mais la limite entre invention et création s'avère trop subtile pour une conscience aussi bornée que la vôtre. L'immanence vous échappe…

Un auteur s'immerge dans la vie. Il la réadapte, la remodèle, la métamorphose. Son expression la sacralise. La vie reste la vie, et ce qui est… Est !

Lamort. Et l'imagination, qu'est-ce que c'est ? Du vent !

Le poète. Pures mathématiques.

Lamort. Des mathématiques, rien que ça. Quel scoop ! Vous avez des preuves ?

Le poète. À quoi bon ?

Lamort. Eh bien, disons juste que ma conscience bornée aimerait s'épanouir en écoutant les glouglous de la vôtre.

Le juge. (Il *sort de son endormissement, et s'étire.)*

Et si nous nous disions adieu… Il est atrocement tard, et j'aimerais me retirer avant la tombée de la nuit.

Aurore. Moi aussi ! J'ai complètement oublié ma soirée. Mes amis doivent s'inquiéter.

Lamort. Vous voyez ! Vous retardez tout le monde.
Quant à vos preuves… je parie qu'elles n'existent pas. Vous ne les avez même pas vérifiées. N'ai-je pas raison ? Vos mathématiques et tout le toutim, c'est rien que du baratin. Du charabia de poète pour épater la galerie.
        Alors, vous avez avalé votre langue !
Vous débutez la grève des mots et du parler !

Le poète. Oui, je refuse le parler vide ! Au lieu de polémiquer avec vous, je préfère me couper la langue !

Lamort. Comme ce peintre raté… le type aux Tournesols.

Aurore. Van Gogh, l'artiste qui s'est coupé une oreille !

Lamort. La langue ou l'oreille, c'est du pareil au même !

Il s'est coupé un organe, voilà tout !

La jeunesse actuelle revendique la souffrance à outrance. Elle adore s'identifier à des torturés. Résultat des courses, elle finit par se mutiler, en enquiquinant la terre entière.

Aurore. Vous ne semblez pas apprécier les génies.

Lamort. Un génie comme lui, je vous le laisse !

Prenez ses théories sur les mathématiques; où sont-elles exposées ? Dans sa poche ? Dans ses souliers ?

Le poète. Taisez-vous ! Vous dénigrez tout ce que je dis.

Le juge qui s'apprêtait à filer à l'anglaise, se retourne et intervient.

Le juge. Il a raison. Si l'on se place d'un point de vue purement théorique, ce garçon n'a pas complètement tort.

Lamort. Notre juge court au secours d'Achille !

Le poète. De Pison. Oui, évitez l'inversion.

Achille vole au secours de Briséis

Pour ébranler Agamemnon.

Lamort. Oh, vous ! La barbe, avec vos mites.

Le poète. Néron n'est pas ce que vous dites,

Madame ! C'est un Romain,

Et Caius Pétronius Arbiter,

Un simple jouet entre ses mains.

Lamort. Réagissez, Pétronus. Vous qui l'avez défendu, calmez-le ! Empêchez-le de nous équarrir ses Humanités.

Le juge. Vous y allez un peu fort, ma chère. En faisant allusion aux mathématiques, ce garçon n'a visiblement pas cherché à nous induire en erreur. Bien au contraire !

À l'écouter, on est frappé par son sens inné des valeurs du passé. Il a, pour ainsi dire, la reconnaissance du ventre, et c'est beau. Qui méconnaît le passé ne peut parler du présent. Ce jeune homme respecte ses aînés, ce qui est tout à son honneur. Surtout à notre époque, où tant d'arrivistes sans talent empoisonnent le monde artistique.

À quoi bon, plastifier la Joconde, proscrire Virgile, pasticher Charles Baudelaire ! Nous nageons en plein misérabilisme culturel. Une minorité se vautre dans la démolition, et la majorité souffre en silence. C'est tout simplement intolérable !

Lamort. Ne jouez pas les arriérés grincheux, Pétronus !

Votre profession vous égare. Vous pincez la corde du déséquilibre. Et votre balance penche souvent du mauvais côté. Défendre des antiquités, mépriser les augures, étouffer l'avenir, c'est grotesque ! Sans futur, nous serions condamnés à périr.

Les gens sont tous pareils, vous savez.

Ils ont besoin de rêves… La fabrique à projets, le sel de la vie, les virées en amoureux sur la lune et tout le saint-frusquin, ça les aide à vivre. Sans ces folies douces, le populo nagerait dans une tristesse sans nom.

À part ça, je ne vois toujours pas le rapport entre imagination et mathématiques.

Le juge. J'y viens… Voilà ! Selon moi, la poésie tout comme la musique obéissent à quelques principes absolus.

Des règles, si vous préférez. D'ailleurs en droit, c'est à peu près la même chose. On s'appuie sur des lois existantes, et ensuite, on brode. Bien entendu, je schématise... Dans la plupart des cas, nous appliquons le Code civil. Eh bien ! pour le poète ou le compositeur, ces règles ou préceptes ancestraux servent de base.

Il s'agit d'un matériau, d'un outil, vous comprenez ! Tout créateur a besoin d'une base solide pour transcender ses réalisations artistiques. Il lui faut dépasser l'imparfait pour tendre vers le fini. Même s'il possède la clé de l'écriture, il doit apprendre à s'en servir. Disons que le monde chimérique se retrouve affilié à ces immuables lois, d'où découlera le sens à venir de son œuvre en germination.

Je m'explique mal sans doute...
Mais vous savez aussi bien que moi que sans ces fameuses règles, la poésie, la musique, l'art en général deviendrait une bouillie infâme de sons, de mots et de couleurs. Un salmigondis frisant l'anarchie !

Lamort. L'anarchie ! Parlons-en... Notre Hölderlin ne rêve qu'à ça. Bouleverser les règles, renverser les modèles, déboulonner les statues et briser tous les vases.

Notre poète est un rimbaldien des faubourgs, un philistin de la grammaire, un boucher végétarien qui tombe dans les pommes au spectacle d'une rose coupée. Pour créer, il court pieds nus dans les ronces, la cigüe et les pissenlits. Et pour magnifier ses récoltes, il trempe sa plume dans les broussailles. Je le connais, moi ! Pour un quart d'heure de célébrité, il vendrait son âme au premier venu.

Aurore. La vigueur de vos propos ne s'adresse-t-elle pas à quelqu'un d'autre ? En écoutant vos critiques, je songeais à un poète révolutionnaire… La guillotine lui a tranché la tête. Je n'arrive plus à me souvenir de son nom.

Le juge. André Chénier ! L'auteur du « Chant du départ. »

Aurore. C'est lui ! Il avait une si jolie tête…
Pourquoi la lui couper ? Quel gâchis !

Lamort. La Terreur, à présent !
À ce tarif-là, vous pouvez aussi remonter aux Capétiens. Revenons à nos secrets d'État. Les temps modernes... ça, c'est bath !

Le poète. Chassez le naturel, il revient au galop ! Les secrets d'État, voilà tout ce qui vous intéresse. Non, pas tout à fait… j'oubliais le commerce ! Madame vérifie ses comptes à tout bout de champ. L'argent lui fait tourner la tête. Son front résonne comme une caisse enregistreuse. Célestine pratique la censure, cloue le bec des poètes, tout en calculant son chiffre d'affaires. Les chantres sont muselés, réduits en poussière, et dispersés aux quatre vents par une marchande de vin.

Lamort. Mon pauvre ami, je vous plains ! Vous dites tellement de sottises, qu'il faut bien y mettre le holà.

La poésie te perdra, mon coco !

Le poète. *Moi, le coco décadent*

Le gentil coco travesti en

Coccinelle. Entre deux orages

Je volette et tourbillonne

Dans la lumière de l'été.

Sais-tu ce qu'il te dit, le coco à sa mémère ?

Lamort. Concarneau ! Con-car-neau.

Par les cornes du Diable !

J'en ai soupé de ce trouble-fête.

Le poète tombe. Il est évanoui. Aurore se précipite vers lui.

Aurore. Madame, qu'avez-vous fait ? Il ne bouge plus.

Lamort. Laissez-le ! Il médite. Je l'ai calmé pour un bon moment. Alors, monsieur le juge, et ces secrets d'État ? Je brûle de les connaître, moi !

Aurore. Il ne respire plus. (*Penchée sur la poitrine du poète.*) Je vous assure que son cœur ne bat plus. Il faut l'aider. Appeler les secours…

Le juge. Laissez-moi écouter ! Effectivement, son cœur ne tambourine plus. Comme c'est étrange…

Lamort. J'adore les secrets !
Histoires louches, contes malsains, récits sanglants, j'en raffole. La cachotterie, ça m'excite.

« *Du Rififi à l'Élysée* », vous connaissez ?

Non ! Dommage, c'est poilant. Et, *« Wanda la flingueuse au ministère des Droits de la femme »,* le titre est relativement longuet, mais le suspens au poil. Un chef-d'œuvre d'intrigues. Une loufoquerie bien pimentée. Une tambouille criminelle cuisinée, faut voir com... aux petits oignons ! Des litres d'hémoglobine, comme s'il en pleuvait. Un bijou ! Il est sorti l'année dernière, toute la presse en a parlé. Ne me dites pas que vous ne l'avez pas lu !

Je peux vous le prêter, si ça vous botte.

Le juge. C'est incompréhensible de s'évanouir pour si peu ! À moins que ce mot, Concarneau, ne le plongeât dans un souvenir traumatisant... Madame, vous qui le connaissez bien, savez-vous si ce jeune homme souffre d'un envoûtement ou d'une maladie rare ?

Eh bien, répondez !

Lamort. Les secrets d'abord !

Allez, juste un... Pétronus, pour me faire plaisir. S'il vous plaît ! *(Elle se jette à ses pieds)* Un seul, un riquiqui, un minuscule.

Pétronus, je vous implore à genoux. Mon Pétronillus...

Le juge. Redressez-vous, madame ! Un peu de tenue, je vous prie. Lâchez-moi ! Allez-vous me lâcher, oui ou non !

Lamort. Jamais ! (*Elle s'agrippe à son pantalon, se relève et se pend à son cou*) Je veux un secret. Oh, mon Julius ! Je le savais… je le savais…

Le juge. Attention ! Vous m'étranglez…

Lamort. Du calme, Catulle ! Je te strangule à peine, pour mieux te pouponner après. Tombe la veste, vieux pingouin. Donne-moi ta bouche…

Au plaisir d'aimer, mon beau gladiateur, nous effeuillerons la primevère, un peu, beaucoup, passionnément. Au bonheur des sens, amène-toi. Il fait si chaud dans mes bras. Laisse-toi aller…

Tu vois, moi aussi, je suis poète. Dis, tu sens bouillonner la volupté ? Tes reins chauffent, ils s'embrasent ? Chien ! Prends mes tétons, renifle ma sueur, lèche mon bas-ventre. Tu me désires plus que tout. Avoue ! L'excitation t'entraîne. Viens, chevauche-moi. Tu brûles. Tu frissonnes. Tu rues dans les brancards. Même tes jambes frisent.

Le juge. Oh, Madame, vous frisez drôlement bon aussi. Vos bras, vos cheveux, vos épaules exhalent une odeur si spéciale.

Lamort. Parfum naturel…

Je me suis aspergée de rose et de jasmin rien que pour toi, mon Pétrone. Cesse de jouer les timides, gros bêta ! Lance-toi. Prends-moi par la taille. Allons, du nerf ! Plaque tes paluches plus bas…

Là, c'est mieux. Beaucoup mieux.

Et maintenant, c'est parti !

Tortilla flat, tu connais ? Non ! Pas grave. Je te montre. (*Elle danse.*) Et glissez… virez, tournez ! Et une, et deux, tu suis le mouvement. Tu vois, c'est fastoche ! Et deux, trois, quatre… Demi-tour, on recommence.

Le juge. Je m'excuse Célestine, mais…

Lamort. Oh, mon pigeon inculte !

On ignore tout de la vraie vie, n'est-ce pas ? Pas de panique, Maman Paradis va tout arranger.

Cette tête bien remplie attendait le déclic.

126

Elle aspirait à changer de cap. À rencontrer l'âme sœur. À quitter son train-train sans soleil et à se payer le septième ciel. En te voyant débouler, j'ai tout de suite compris. Ce drôle de bonhomme possède un cœur d'aventurier frustré. Un qui cache son jeu, que je me suis dit. Un qui voudrait bien, mais qui n'ose point se lancer.

Le juge. Je commence à avoir atrocement chaud. Pas vous ?

Lamort. Petite nature, va !

Brûler, c'est bon signe. Le rythme, ça chauffe la peau. Attention ! Tes mains… Ne les balade pas dans le vide. Garde-les bien sur mes hanches. Parfait. Respire à fond ! C'est le métier qui rentre. La tempête rugit, le roulis brise nos os, et la vague nous submerge.

Le juge. Et maintenant, que fait-on ?

Lamort. Tu danses avec moi, Pétrone. Musique, maestro !

On entend les premières mesures d'un tango…

Le juge. Qu'est-ce que c'est ?

Lamort. Un tango, mon tout beau ! Le rêve argentin.

Et une deux, trois… à reculons, vite. Plus vite !

Le juge. Arrêtez ! Mon chapeau !

Il traîne par terre…

Lamort. Laisse ! T'es plus chouette sans ta huppe.

(Elle se tortille en fredonnant.) Le plus beau de tous les bistrots
du monde, c'est celui où tu m'as rencontrée…

Le plus beau de tous les caveaux du monde, c'est celui
où je t'ai embrassé.

Célestine cherche à embrasser le juge sur la bouche.

Le juge. Non ! Pas sur la bouche… Je ne veux pas.
Attendez ! Les secrets… Je vais tout vous dire.

Célestine tape dans ses mains. La musique s'arrête.

Lamort. Tout ! Parole de juge.

De magistrat romain, assermenté, intègre en tous points et, tout le saint-frusquin ? Attention ! Si tu mens, tu grilleras en enfer.

Le juge. Parole, oui. Mon Dieu ! J'ai la tête qui tourne…

Lamort. Tope là, mon grand ! Et pas d'embrouilles… Les gros, les sales, les petits, les puants, les gluants, les maigrichons, les explosifs, tu me donneras tous les secrets d'État. Tous, sans exception !

Le juge. Puisque vous les voulez, tous, et même plus…

Lamort. Il y en a tant que ça ?

Le juge. Un peu…
Enfin pas autant que vous le supposez.
Écoutez ! Dans le feu de l'action, je me suis stupidement avancé, vanté, si vous préférez. Pour être tout à fait franc avec vous, je dois avouer que dans toute ma carrière, je n'ai eu connaissance que d'un seul et vrai secret.
Et encore… il s'agissait d'un embryon de mystère.

Lamort. Là, mon tout beau, ce n'est pas du jeu !

Vous essayez de me cacher des choses…

Le juge. Pas du tout ! Je m'efforce simplement de vous expliquer que les secrets d'État sont aussi bien gardés que les bijoux de la Couronne.

Lamort. Vous finassez, Pétronus. Vous louvoyez comme un serpent à sonnettes. Gardés, les secrets ! Vous plaisantez ! Tenus au coffre, tant que tu y es ! Des billets mis sous cloche n'ont jamais empêché les transferts, la fuite des devises, la valse des lingots et autres fugues à l'anglaise.

Le juge. Seigneur ! Vous ne pensez donc qu'à ça !

Lamort. À quoi, mon Julius ?

Le juge. À l'argent !

Lamort. Pourquoi, c'est sale ? J'aime l'argent. Que veux-tu, les chiffres, je suis tombée dedans à la naissance.

Je ne pouvais pas écraser ma vocation dans l'œuf !

L'art commercial ne s'improvise pas. On ne naît pas commerçant, on le devient ! Ah, combien de dimanches sans repos ! J'ai dû me saigner à blanc, moi. J'ai même renoncé à fonder une famille, pour vendre du château-la-Pompe !

Le juge. Un peu de modestie, Célestine…

Vos trémolos ne trompent personne. Ces bouteilles ne sont qu'un appoint. Elles ne vous font pas vivre. Avouez ! Les temps changent. La clientèle se méfie. Elle exige de la qualité.

Lamort. Tu l'as dit, bouffi ! Les affaires s'anémient. Elles périclitent, agonisent. Pire, elles se désensualisent !

Le juge. Si votre dépôt de bilan ne dépend que de la mauvaise volonté d'hommes comme moi, vous m'en voyez navré.

Lamort. Eh là, du calme ! Tu ne voudrais pas me disperser aux quatre vents. Et encore moins, anticiper sur mes capacités, en me marquant au fer rouge des manants.

Dépôt de bilan… Je ne faillite pas, moi, monsieur, je fignole ! Nuance. Dépôt de bilan ! Je rêve… Faudrait pas mettre la charrue avant les bœufs. Confondre le grossiste ordinaire ou l'amateur du panier percé, avec le vendeur avec un grand V. Parce que moi, je travaille menu. J'usine dans le détail et la parcimonie, et surtout, je suis à mon compte. J'ai mon label. Ma marque, si vous préférez.

Le juge. Une vraie prouesse. Ma chère, je m'incline…

Lamort. Ma marchandise est unique, exceptionnelle, quasi surnaturelle ! Sais-tu que mon eau de Paradis donne la vie éternelle ! Qu'elle apporte la jeunesse, la richesse et l'amour. Qu'elle soigne les fous, les sages, les désespérés, tout en restant à la portée de toutes les bourses.

Le juge. En somme, vous soulagez les âmes en peine.
Notre ami le poète en a-t-il bu beaucoup ?

Lamort. Oh, celui-là… Dansons !

La musique reprend…

Fond de scène, sur la banquette, le poète s'éveille.

Petit marivaudage entre lui et la jeune fille Aurore.

Le poète. Comment ? C'est vous… vous…

Le poète essaie de se redresser, mais retombe aussitôt.

Aurore. Chut ! Calmez-vous. Vous êtes encore sous le choc. Ne bougez pas !

Le poète. Un ange passe sur la pelouse du Parnasse. Je flotte en plein rêve…

Aurore. Vos lèvres sont si pâles...

Le poète. Ma princesse ! Je dérivais dans les flots noirâtres du Léthé, et vous avez surgi ! Les ventouses opiacées et glacées du fleuve de l'oubli m'emportaient dans ses grands fonds nocturnes, quand je vous ai vue couronnée de myrte. Comme la colombe sauve le naufragé, en le rappelant à la vie et au doux chant de l'amour, blanche, palpitante, vous voletiez sans cesse tout autour de moi.

Aurore. Vous parlez comme un enfant. Quelle frayeur j'ai eue ! Il a suffi que cette femme dise ce mot : Concarneau…

Le poète. Quelle femme ?

Aurore. Célestine, voyons ! Celle qui danse avec le juge, regardez…

Le poète. Ah, pauvre de moi ! Je me souviens d'elle… Lamort et ses contrats ! Elle me traque, me poursuit, me paralyse. Elle ne songe qu'à me dévorer. Elle veut se repaître de mes viscères. Attention, elle nous épie. Vite, fuyons ! C'est elle… l'intrigante, la sorcière, la batelière du Styx !

Aurore. Qu'est-ce qui vous prend ?

Le poète. Je dis la vérité ! Ma vie est devenue un enfer. Lamort n'aspire qu'à une chose, me damner. Elle se déguise en femme, mais c'est un démon. Aurore, sauvez-moi !

Aurore. Calmez-vous, je vous crois !

Je vous en prie, rejoignons les autres…

Je n'aime pas faire bande à part.

Le poète. Pourquoi ? Ma compagnie vous pèse ? Déjà !

À moins que vous n'aimiez pas les poètes ?

Aurore. Mais si… Je les apprécie beaucoup.

Le poète. Dans ce cas, prenez ma main. Posez votre oreille sur mon poignet. À présent, écoutez… Vous entendez ?

Quelle est cette musique, Aurore ?

Ne trichez pas. Mettez-la en mots.

Dévoilez-la. Décortiquez-la.

Que vous inspire-t-elle ?

Aurore. Chut… Si vous parlez tout le temps…

Oh, je l'entends ! Boum, boum, badaboum, et ça recommence. Le pouls semble régulier. Votre cœur bat normalement et à son rythme.

Le poète. Pas du tout ! Il s'essouffle. Écoutez comme son chant s'éteint. Comme sa musique primitive s'amenuise…

Il geint dans sa ganse, sa boutonnière est trop étroite.

Mon cœur s'effrite comme un vieux coquillage. Il a connu tous les exils, toutes les dérives, toutes les tempêtes. Sa nacre est percée. Je prends l'eau, le sable m'étouffe ! Aurore, partons tout de suite, immédiatement, dès à présent ! Notre hyménée brisera les flots comme la voile aux quatre vents. Ma colombe ! Voguons vers la Lumière. Vite, qu'elle nous éblouisse... Évadons-nous vers le soleil et la renaissance. Dionysos nous protégera !

Aurore. Nous évader ! Alors que nous venons à peine de nous rencontrer ! Vous me demandez une chose inouïe... Je ne connais même pas votre nom.

Le poète. Qu'importe ! Je suis poète. Ma lyre résonne dans les sous-bois. Mon chant céleste vagabonde entre les pins. Suivez-moi ! Je ne possède rien, mais je puis tout vous offrir. Mille vies nous souriront, et autant de bonheurs.

Aurore. Vous me prenez au dépourvu. Je dois réfléchir... Avant de décider quoi que ce soit, nous pourrions commencer par rejoindre les autres.

Le poète. Quels autres ! Vous voulez dire ces deux-là ?

Ne voyez-vous pas que notre présence ne les émeut guère ?

Qu'ils se moquent de nous savoir heureux ou malheureux.

(Il se rapproche d'Aurore et l'enlace doucement.)

J'ai l'impression que ma compagnie vous pèse.

Ma mie, est-ce que je vous ennuie ? Vous n'aimez pas la poésie !

Aurore. Si je comprends bien, vous me connaissez à peine et vous désirez partir avec moi. Pourquoi pas, remarquez !

Nous pourrions simplement leur dire au revoir, et disparaître... Néanmoins, cette femme avec ses mystérieux contrats et ses produits miraculeux m'intrigue. Quelle combine cache-t-elle derrière son trafic ?

J'aimerais bien le savoir…

Le poète. Savoir quoi !

Aurore. Des trucs précis… Par exemple, le mode d'emploi de sa potion magique m'intéresse beaucoup.

Le poète. Je vous l'interdis ! Il n'y a rien à découvrir.

Pas d'étiquette, pas de miracle. Sa bibine sent la flotte. Et ses contrats sont maléfiques. Je vous interdits de chercher, un point c'est tout !

Aurore. Ah oui ! Vous osez me donner des ordres. Vous me commandez ! Je peux savoir en quel honneur !

Le poète. En l'honneur de nos fiançailles.

Aurore. Vous plaisantez ! Pour aimer, il faut être deux. Et là…

Le poète. Aurore, dès que je vous ai vue, mon cœur a explosé de joie. Je vous attendais… Vous, ma fiancée des mers ! Suivez-moi, et je déposerai des cartes aux trésors à vos pieds !

Aurore. Tout de même, une dame qui fabrique une eau-de-vie aussi exceptionnelle ne peut pas être foncièrement mauvaise.

Après tout, elle possède le don des marchands.

Ses contrats en or le prouvent !

Le poète. Que savez-vous de l'or, ma douce colombe ?

Ce métal maudit. Ce caillou de la discorde. Se peut-il que vous l'adoriez ? Me trompais-je en vous comparant à l'eau limpide d'une source ? Ai-je confondu la Laure de Plutarque avec une sirène ordinaire ? Suis-je devenu fou, aveugle et sourd ? Thanatos m'a-t-il envoûté ?

À propos, d'où tenez-vous cette histoire de contrats ?

Oh, je devine tout…

Célestine qui s'y connaît pour embobiner son monde vous aura séduite. Pendant son récit sur Prague, vous ne dormiez pas. Elle vous a hypnotisée !

Aurore. Vous avez raison…

Je flottais entre deux eaux.

Le poète. Mais c'est scandaleux !

Aurore. Je ne vois pas pourquoi…

Le poète. Vous vous êtes jouée de nous ! De moi, surtout !

Aurore. Je sommeillais, sans plus !

Le poète. Malédiction ! Tout s'éclaire.

Vous êtes sa complice, son associée, son bras droit !

Aurore. Pas du tout ! Je vous assure que…

Le poète. Ne niez pas ! Votre nez s'allonge comme celui de Pinocchio. Vous mentez ! Je le pressens, je le devine, je le vois !

Aurore. Laissez mon nez tranquille ! Vous devriez porter des lunettes. Il est en trompette ! Regardez-le bien...

Le poète. Menteuse ! Menteuse… menteuse…

La musique s'arrête. Le juge et Lamort cessent de danser.

Lamort. Ouf ! Quelle valse ! Je me sens toute chamboulée.

Le juge. Et moi donc… Je suis littéralement vanné !

Dans le plafond, une trappe s'entrouvre. La fée de Cristal descend tout doucement par l'échelle de meunier et se dirige vers le miroir.

Lamort. Petite nature, va ! (*Se rapprochant du poète et d'Aurore.*) Regardez-moi ces deux tourtereaux. Ils ont l'air tout chose.

Alors, on a brisé la glace ?

On a fait de grosses bêtises...

Le juge. Aurore ! Mademoiselle...

Que vous arrive-t-il ? Sapristi, vous pleurez !

Lamort. Hum ! (*Elle essuie une larme sur la joue d'Aurore et la goûte.*) Aucun goût ! Larmes de crocodile.

Le juge. Ma belle enfant... Vous a-t-on blessée ?

Aurore. Je vais bien. Laissez-moi tranquille.

Le juge. Vous abandonner, alors qu'un immense chagrin vous ronge l'esprit ? Vous n'y songez pas ! Que s'est-il passé ?

Aurore. Si la vérité vous intéresse, interrogez votre marchande de miracles !

Lamort. La grenouille me cherche ou quoi ! Ses yeux verdâtres et globuleux pissent de l'eau croupie, et c'est moi la coupable !

Aurore. Vous devriez avoir honte, madame. Ne prenez pas vos grands airs à la Maintenon, je sais tout ! Bas les masques, reine des lémures !

Lamort. Dis donc, la morveuse ! Ça te plairait de quitter les lieux, avec mon pied au derrière ?

Aurore. Même pas cap ! Cheval rouge de l'Apocalypse, sorcière !

Elles s'élancent l'une vers l'autre et commencent à se crêper le chignon. La fée de Cristal se retourne et les observe d'un air scandalisé.

Le juge. Allons, mesdames ! Reprenez vos esprits ! (*Il découvre la fée de Cristal.*) Saperlipopette !
D'où sortez-vous ?

Lamort. Nous ne t'avons pas sonné, Pétronus !

Une midinette descend du plafond et, comme un renard attiré par une grappe de raisin, tu plonges direct dans son décolleté.

Le juge. Moi ? Que nenni ! Je revendique ma bonne foi ! *(Il se tourne vers la fée de Cristal et la prend à partie.)* J'ai uniquement voulu les séparer et… et elles se déchaînent contre moi. Ces femelles sont enragées ; elles ont le diable au corps.

Aurore. À d'autres, les nenni ! Oh ! Monsieur le juge, vous paraissez si fragile, si bancal… on dirait la tour de Pise.

Le poète. *(Il se rapproche du juge, tourne autour et se plante sous son nez.)* C'est pourtant vrai, l'ami…

Vous êtes penché, comme un hic.

Lamort. Silence !

Pétronus ne penche pas, il se tient droit comme un I. Sa probité est inébranlable. Je le jure !

Aurore. Parole de cocotte…

Lamort. Cette fois, la péronnelle dépasse vraiment les bornes. Et ma main sur la gueule… Tu la veux, hein ?

Le juge. Que personne ne bouge !

(*À Lamort.*) Reculez ! J'ai dit, en arrière ! Vous devriez avoir honte, tous autant que vous êtes. *(Il prend le bras de la fée de Cristal et l'entraîne à l'avant-scène.)* Nous vous écoutons, jeune fille… Votre rendez-vous s'est-il bien passé ? Avez-vous obtenu gain de cause ?

Lamort. Vu sa trombine, pas besoin d'un dessin… La mignonne a fait chou blanc. D'où sortez-vous cette idée excentrique de vous trimballer en hologramme ? Vous ne pouviez pas circuler normalement, en chair et en os !

La fée de Cristal. (*Répondant au juge.*) Comme vous êtes bon de vous soucier de moi. Hélas ! Cette dame a raison, ma mission a échoué. Au début de mon entretien, le président m'a écoutée attentivement. Notre combat écologique paraissait l'émouvoir. Il hochait la tête, prenait des notes, fronçait les sourcils, tout dans son expression démontrait que j'avais emporté son adhésion.

Soudain, un imprévu mécanique brisa mon discours. Au moment crucial, l'électronique m'a lâchée.

Serrez ma main, mais si… touchez-la ! Je suis bien réelle, n'est-ce pas ? Aussi réelle que vous tous ! Au cours de mon exposé, la machine s'est enrayée. Elle m'a reconstituée humainement. Dès lors, tout s'est embrouillé… Je n'étais plus en mesure de défendre mon île.

Devenue trop humaine, la nature me jouait des tours.

Le sang coulait dans mes veines, à gros bouillons. Ma bouche crachait du feu et des mots confus. Issue d'une bouillie de câbles, ma nouvelle apparence grouillait de chair et de formes. En une seconde, j'étais redevenue moi !

Lamort. Ton esthétique corporelle, on s'en balance !

Aurore. D'autant que la vôtre penche du mauvais côté !

Lamort. Vous entendez, elle reprend ses outrages…

Aurore. Jadis, les sorcières finissaient au bûcher.

Lamort. (*Elle se jette sur Aurore.*) Garce ! Je vais te tuer…

Le juge. Silence dans la salle ! Mon enfant, vous venez de porter des accusations gravissimes contre madame, madame…

Lamort. Appelez-moi Célestine, c'est plus chaleureux.

Le juge. Vous n'ignorez pas que selon la Loi, toute remarque portant directement ou indirectement atteinte à l'intégrité physique ou morale d'un individu est considérée comme un délit.

Vos accusations en sorcellerie peuvent ternir la notoriété intrinsèque de la plaignante.

En conséquence, pour éviter à la citoyenne Lamotte…

Lamort. Lamort, monsieur le juge, Célestine Lamort…

Le juge. Pour éviter à Lamort les frais d'une procédure en diffamation, je vais m'efforcer de trouver une solution à cette situation explosive, en essayant de régler ce différend à l'amiable.

Lamort. Extra, Pétronus ! On s'y croirait.

Le poète. Tout le monde l'attaque, et son courage ne faiblit pas. Son aveu scintille de clarté, elle m'aime ! Quelle félicité !

La fée de Cristal. De mon voyage en métropole, je ne rapporterai qu'un triste souvenir. Que de chamailleries sur le vieux continent ! Par ignorance, nous idéalisons une terre lointaine, lui trouvant mille attraits, bien qu'elle soit totalement dépourvue de chaleur humaine.

Vous avez tout sous la main.

Un art de vivre, un développement social avancé, et pourtant… chez vous, les gens heureux sont une espèce en voie de disparition.

Lamort. On ne t'a pas sonnée, la métisse. Si tu n'es pas contente, retourne dans ton île !

Le juge. Laissez-moi reprendre ma plaidoirie par la crinière, je tiens à m'empresser de conclure !

Mademoiselle, vous venez d'accuser devant témoins, madame… Madame que voici, d'actes en sorcellerie. Reconnaissez-vous les faits ?

Aurore. Pourquoi pas ? Si vous y tenez…

La fée de Cristal. Vous n'allez pas la condamner ! De plates excuses devraient amplement suffire. Dans un pays civilisé, on ne juge pas quelqu'un pour un mot de travers.

Le juge. Détrompez-vous ! Nous voulons une sanction, pour l'exemple ! Ainsi, nous éviterons que l'atmosphère soit viciée, polluée, empoisonnée par des chicanes féminines.

Aurore. Pour guerroyer, il faut être au moins deux. Elle m'attaque, je riposte. Si j'accepte de comparaître et d'écouter votre verdict, j'espère que vous en aurez autant à son service.

Le juge. Pour le moment, c'est vous l'accusée ! Reprenons ! Vous ne niez pas avoir traité madame la ci-devant de sorcière ?

Aurore. À quoi bon changer de version ? Vous étiez présent… Même en cherchant bien, je ne vois rien de nouveau à vous déclarer.

Le juge. Et comme je suis assermenté, ma seule présence peut infirmer les faits. Vous prétendez toujours que cette dame est une sorcière ? Bien, en admettant que vous ayez raison, sur quels critères vous basez-vous et, surtout, d'où tenez-vous une telle information ?

Aurore. De mon petit doigt !

Le juge. Gare à vous, mon enfant ! Ma patience a des limites. N'aggravez pas votre cas en provoquant la Cour.

Aurore. Pourquoi ? Vous voulez m'envoyer en prison ? M'embastiller, me couper la tête ?

Dès mon plus jeune âge, j'ai appris l'honnêteté. Au moindre écart de conduite, ma mère s'écriait : « Attention, Aurore ! Le mensonge est un vilain défaut. C'est un gros péché ». En vous écoutant, je constate que vous n'encouragez pas la sincérité. J'aimerais savoir pourquoi des juges tournent le dos à la vérité. On dirait même qu'ils s'en moquent !

Lamort. Insultes à magistrat !

Là, tu vas déguster, ma belle. Tu viens de décrocher la timbale.

Le juge. Silence ! La justice a besoin de sérénité pour travailler. Soit vous vous calmez, soit je fais évacuer la salle ! À présent, examinons le fond du problème… Mademoiselle, afin d'éclairer la Cour, je vous prie instamment d'étayer vos accusations. Pouvez-vous nous fournir des preuves, des indices concrets, des pièces maîtresses et tangibles ?

Aurore. Des pièces ?

Le juge. Oui. Des clichés, des témoins, des documents accablants. Si madame pratique la sorcellerie, vous détenez forcément des preuves !

L'avez-vous vue, cuire de la bave de crapaud, égorger une poule de barbarie, enfourcher un balai, et s'envoler vers la face cachée de la lune ?

La fée de Cristal. Dans mon pays, aux Antilles, vous pouvez croiser deux catégories de voyants.

Les adeptes de la magie blanche lisent couramment l'avenir dans une feuille de manioc. Ils se trompent rarement et soulagent les désespérés. Quant aux mauvais esprits...

Lamort. Eh, doucement les basses ! Ma parole, vous me rejouez le procès de la pucelle.

Ouvrez grand vos oreilles, Pétronus ! Je ne supporte pas l'équitation et j'ai passé l'âge des métamorphoses. Le seul sorcier qui vaille ici, c'est lui !

(Elle désigne le poète.) Arrêtez-le, brûlez-le !

Il est là, votre démon. Mettez-le aux fers, à la roue, à la question... Vite, enchaînez-le !

Aurore. Menteuse ! Le poète est innocent. C'est un rêveur, un humaniste...

Lamort. Vous voulez dire un fainéant, un parasite, un brocanteur de rébellions. Regardez ! Son crâne explose comme un four d'alchimiste. Que fabrique-t-il sous son air de ne pas y toucher ?

Il ne travaille pas, il pense ! Il rumine sa revanche.

Arrêtez-le, voyons ! Le malin ne doit pas s'enfuir !

Le juge. Calmez-vous, Célestine ! Vos jappements embobinent la Cour, et je perds le fil de mon jugement.

Lamort. Bon sang de bois mort ! Vous avez un coupable, et vous ne lui passez pas les menottes !

Aurore. Laissez-le ! Cet homme ne ferait pas de mal à une mouche, je le jure ! Monsieur le juge, laissez-le s'exprimer. Et si, malgré tout, vous décidiez de l'envoyer au bagne ou à l'échafaud, je le suivrai. Parfaitement, je le suivrai ! J'irai au bout du monde avec lui. Ce procès ne repose sur rien. La Cour se trompe d'accusation et de coupable.

Ouvrez votre cœur, monsieur !

Écoutez-le ! Je suis sûre que ses révélations vous feront changer d'opinion.

Le juge. Ma foi… La Cour se sent de bonne humeur. Elle appelle donc le poète à la barre.

Aurore. (Elle *tente de convaincre le poète.*) Il paraît bien disposé. Allez-y, c'est le moment ou jamais ! Racontez-lui tout ce que vous savez sur elle.

La fée de Cristal. Elle a raison. Un vieux dicton créole nous dit ceci : « La vérité ressemble à une orange. Pour la goûter, il faut commencer par l'éplucher. » À votre place, je n'hésiterais pas. Défendez-vous !

Le juge. Bien, procédons par ordre. Avant tout, jeune homme… Vos noms, prénoms et profession.

Le poète. Monsieur, en dehors du bonheur des mots, mon activité ne peut guère s'expliquer.

Je suis simplement poète !

Lamort. Ah, ah, ah ! Je l'aurais parié ; il nous sort son numéro de clown. Et ce n'est que le début.

Gare à toi, Pétrone ! Je t'aurai prévenu.

Le juge. Silence ! Ne me forcez pas à employer les grands moyens. Je dois me concentrer pour travailler en paix.

Et vous ? Puisque vous vous prétendez poète…

Vous êtes diplômé. Poète diplômé de l'université ?

Le poète. Monsieur, votre interrogatoire me surprend.

D'autant que sa tournure singulière me rappelle le procès d'un jeune homme…

Le juge. Dans ce cas, si vous n'êtes pas…

Le poète. Mais si, je suis ! Je suis même des pieds à la tête. Voyez-vous, monsieur le juge, la poésie s'apprend loin des écoles. Et comme une élégie parfois suffit à exprimer une émotion, je me contente de jongler avec les mots.

Je me souviens d'une affaire proche de celle-ci ; oui, il existe un précédent. Dans les années 70, un tribunal soviétique estima que le citoyen Joseph Brodsky, intellectuel autodidacte et non diplômé, ne pouvait se prétendre poète. Il fut arrêté, condamné et envoyé au goulag… Son procès fit le tour du monde, des comités de soutien crièrent au scandale, et des pétitions demandant sa libération circulèrent.

Ne froncez pas les sourcils, monsieur ! Votre charge exige de vous des sacrifices que de simples mortels ne peuvent comprendre. Vous devez suivre les commandements de vos supérieurs hiérarchiques, n'est-ce pas ? L'administration ne plaisante pas avec la paperasse.

Elle vous surveille, vous tient à l'œil.

Elle veut des noms, des titres, des explications ! Chaque formulaire doit être bien rempli, sinon gare aux sanctions ! On ne définit pas la poésie, monsieur le juge, on la ressent.

Le juge. Balivernes ! Si vous n'êtes pas diplômé en poésie, vous n'entrez pas dans la case des poètes. Il nous faudrait un expert... oui, mais, je suis atrocement à la bourre. En résumé : pas d'opuscules, de carnets d'écriture, de taches d'encre, je ne vois rien de probant à noter dans votre dossier. Détenez-vous une trace indélébile de notoriété qui témoignerait en votre faveur ? *(Le poète secoue la tête.)* J'aimerais vous poser une dernière question... Puisque vous végétez dans l'existence, comment vivez-vous, jeune homme ?

Aurore. En tant que poète, il n'a pas à s'expliquer !

Lamort. Un régime spécial pour ce loustic. Quel culot !

Aurore. Ne l'accablez pas, vieille corneille !
Et si vous nous parliez de vos sulfureuses magouilles ?

Lamort. Toi, tu ne perds rien pour attendre…

Aurore. Les contrats de cette femme renferment un vice de forme. Ils sont faux… (*Au poète*) Allez-vous réagir, vous défendre ? Si vous vous obstinez à vous taire, nous ne pourrons jamais la contraindre à dire la vérité ! Elle rusera encore. Parce qu'elle a toujours finassé, n'est-ce pas ? Parlez ! Vous seul pouvez la confondre !

Lamort. (*Elle se précipite vers le poète et lui souffle au visage.*) Scorpion, si tu me balances, je t'écrase !

Aurore. Elle l'a menacé ! J'ai tout entendu. Il ne peut même pas se défendre. Réagissez vous autres ! Aidez-le !

La fée de Cristal. (*S'adressant à Lamort et s'efforçant d'ouvrir la porte.*) Madame, cette menace à peine voilée que vous venez de lui jeter au visage exige réparation. À votre place, je présenterais mes excuses à ce romantique jeune homme. Depuis mon arrivée, vous n'avez pas cessé de l'asticoter. Comment peut-on sortir d'ici, si la porte est verrouillée ? Quelqu'un doit bien posséder un double de la clef !

Lamort. Ouverture automatique, ma jolie ! Quiconque entrera dans cette pièce comme dans un moulin attendra son tour pour en sortir. C'est le règlement !

La fée de Cristal. Si je comprends bien, vous nous séquestrez !

Lamort. L'inscription dans l'entrée… tu ne l'as pas vue ?

Le juge. (*Il secoue en vain la porte.*) Nous sommes enfermés ! Madame, ouvrez cette porte immédiatement ! C'est un ordre !

Lamort. Je n'ai pas les clefs. Le système est contrôlé par ordinateur. Après chaque entrée ou sortie, il se verrouille.

La fée de Cristal. (*Elle cherche partout dans la pièce.*) Ils ont dû installer un bouton de sécurité… Où est-il caché ?

Que faites-vous en cas d'urgence ? Une personne peut se trouver mal… (*Au poète*) Aidez-nous à sortir, jeune homme ! Où devrais-je emprunter l'échelle, me faufiler par la trappe du grenier et appeler les secours ?

Le poète. Elle connaît le mécanisme d'ouverture à la perfection. Oui, mais… sa vieille méthode d'incitation à la signature marche comme sur des roulettes.

Afin de vendre ses contrats, elle essaie de gagner du temps. Plus vous parlementez avec elle, plus ses chances de vous embobiner augmentent.

Le juge. Quel micmac ! Dans quelle souricière suis-je tombé ? Après mûre réflexion, mettons de côté la poésie, et penchons-nous sur ces contrats qui intéressent vivement la Cour. Montrez-moi un exemplaire type de vos ventes, et je vous accorderai ma clémence. Eh bien ! J'attends…

En vertu de l'article 2048 du Code de procédure civile, je vous ordonne de me fournir ce document. Ma patience s'émousse, je sens que je vais sévir. Ces chicanes d'écoliers, ces combats de coqs m'épuisent. Je ne le répéterai jamais assez… Nul n'est censé ignorer la loi. Dissimuler à la justice, des indices ou des pièces à conviction, représente un acte délictueux. Bien, je note. Selon les pouvoirs qui me sont donnés par l'article 2448…

Lamort. Je vous conseille de vérifier vos fiches...

Ce n'est pas le même numéro !

Le juge. Ne m'embrouillez pas ! L'article 2048 existe. *(Il fouille dans son manteau et sort un exemplaire du Code civil.)* Il suffit de le retrouver, et de l'appliquer.

Lamort. Un petit remontant, Pétronus ! In vino veritas ! Rien qu'une goutte, ça ne mange pas de pain, et ça vous fouette les méninges.

Le juge. J'en ai assez. J'arrête !

Me prenez-vous pour une marionnette ? Je suis un homme respectable, moi ! Quant à la Cour, elle ne peut être confondue avec une scène de théatre. Écoutez, j'ai passé un excellent moment en votre compagnie, mais je ne vois aucune issue légale à vos problèmes. Dans notre intérêt à tous, je préfère mettre un terme à cette parodie de justice. Restez, si ça vous amuse, je rentre chez moi !

La fée de Cristal. Moi aussi, je pars !

Depuis que j'ai retrouvé mon enveloppe charnelle, je ne peux plus me déplacer à ma guise.

(Elle se dirige vers l'échelle et, tout en grimpant, continue à parler.) Mon billet a été réservé sur un navire de marchandises. Je dois rejoindre le Havre au plus vite. Ma famille m'attend avec impatience, je ne veux pas l'inquiéter.

Le juge. Vous voulez reprendre la mer ! J'admire votre courage, mademoiselle ! J'espère sincèrement que votre trajet sera moins mouvementé qu'à l'aller.

La fée de Cristal. Je suis confiante, la traversée se déroulera sans incident. Figurez-vous que j'embarque sur un cargo. Son capitaine doit convoyer des marchandises de grande valeur. J'ai appris qu'il tenait son équipage d'une main de fer. Les transporteurs maritimes ne laissent jamais rien au hasard, on me l'a assuré. Dans ces conditions, une mutinerie s'avère tout bonnement impensable.

Le juge. Je vous souhaite le meilleur... Bien, à nous deux ! *(Il se retourne vers Lamort et retrousse ses manches.)* Madame, pour la dernière fois, je vous ordonne d'ouvrir cette porte !

Ma patience se trouve hors d'usage, les plaisanteries les plus courtes sont toujours les meilleures.

Je compte jusqu'à dix, et je l'enfonce !

Aurore. Éloignez-vous, monsieur ! Que personne ne bouge ! *(Elle sort un révolver de son sac à main et vise Lamort.)* Haut les mains, l'épouvantail ! Si vous espériez vous en tirer aussi facilement, vous vous mettiez le doigt dans l'œil…

Le juge. Ciel ! Une arme à feu…

Lamort. Une anarchiste !

La fée de Cristal. *(Elle dévale l'échelle.)* Un pistolet pour enfants !

Le poète. Une nihiliste. Au don, au Don !
J'en appelle au Zéphyr, le génie du vent.
La parole est accordée à l'innocent...

Lamort. Notre poète tripatouille ses rimes, ça s'arrose ! Il va échanger son cœur contre une paire de pantoufles.

Le poète. Moi, le gueux, le rustre, le mendiant d'épithètes,

Sans hésiter, je cours à l'échafaud de l'amour.

Dans mes bras, belle Aurore, je suis conquis.

Lamort. Le bougre est mordu. Malédiction ! Il m'échappe !

Le juge. Silence ! Mes amis, reprenons nos esprits…

La fée de Cristal. Ah ! Disparaître. Me dissoudre dans l'espace, à l'instant même. Si seulement je pouvais retrouver mon corps holographique…

Aurore. Les mains en l'air, Célestine. Plus haut !

Le poète. Ma renaissance, ma muse au pistolet, ma colombe enragée… Vous voulez me défendre. Je suis comblé !

Le juge. Lâchez votre arme, mon enfant.

La violence attire toujours le mauvais œil.

Calmez-vous, n'aggravez pas votre cas.

Aurore. Ô, vous ! Vous m'horripilez !

Comment peut-on manquer à ce point de lucidité ! Brûlez votre hermine, Juge. Et, changez de métier !

Lamort. De l'eau, vite ! Une cuvette pour la noyer.

Aurore. Vos attaques, madame Lamort, m'indiffèrent. Seuls, vos aveux m'intéressent. Pressons ! Ma patience est à bout. Je vais compter jusqu'à trois et... mais si vous préférez le néant, ne vous gênez pas. Dites-le carrément ! Bien, vous êtes prête ? (*Elle arrache le boa de Célestine Lamort.*)

Votre gorge ferait une jolie cible.

Elle semble si pleine, si grasse, si charnue.

Ô ! Que vois-je ? Une masse flasque et proéminente déforme votre décolleté. Ne dirait-on pas un goitre ?

Lamort. Arrêtez ! Je m'incline. J'avoue... Cette excroissance qui enlaidit mon cou n'est due qu'à une malformation congénitale. Il s'agit d'une manifestation nerveuse qui va et vient et se révèle chronique, en fonction de facteurs extérieurs, tout à fait indépendants de ma volonté. La médecine considère que... *Lamort ramasse son boa et s'empresse de l'entortiller autour de son cou.*

Aurore. Cessez de pleurnicher ! Nous attendons vos aveux. Je commence à compter. Un, deux…

Le poète. Pauvre Célestine ! Je vous avais prévenue… À vouloir jouer les démiurges, vous risquiez gros.

La fée de Cristal. Ma grand-mère soigne très bien les goitres, et aussi quantité de maux sans réelle gravité. Verrues, zonas, taches de vin ou stérilité momentanée, mon aïeule connaît les plantes qui guérissent, et ses mains soulagent.

Elle a reçu le don de guérison. Les gens viennent de très loin pour la rencontrer. Ses consultations ne se limitent pas aux hommes, elle accepte aussi les animaux malades !

Lamort. Silence, la noiraude ! Je n'ai jamais pu encadrer les rebouteux.

La fée de Cristal. Je ne pensais pas à mal. Si vous préférez vivre avec cette boule dans le cou, ça vous regarde.

Le poète. (*Il s'approche d'Aurore.*) Ma douce, ma mie...

Que signifie tant de hargne ? L'agneau se serait-il métamorphosé en loup ? La source en torrent, et l'hirondelle en épervier ?

Aurore. Un mot de plus, et j'appuie sur la gâchette !

Le poète. Je ne vous reconnais plus, belle Aurore.

Aurore. Puisque tu mets en doute ma sincérité, débrouille-toi sans moi ! (*Elle lui met le pistolet dans la main et part bouder en fond de scène.*)

Le poète. Quelle horreur ! (*Il lâche le colt.*) Je ne supporte pas les armes à feu. Je suis pacifiste, moi !

Lamort. Pas moi ! (*Elle saute sur le pistolet.*) Le feu, j'en fais mon affaire. Vous allez voir ce que vous allez voir.

Aux armes, Belzébuth ! À mon tour de faire joujou avec vos nerfs.

Le juge. Pitié, madame ! Je revendique mon innocence. Je vous aime bien, moi. J'ai même dansé avec vous…

Lamort. À genoux, le pourceau ! La fille des îles, aussi ! Quant à toi, Jeanne d'Arc sans brebis... au piquet !

Le juge. Grâce ! Pitié... Je peux payer. Combien voulez-vous ? J'ai mis de l'argent de côté, des petites économies, on peut s'arranger. Laissez-moi rentrer à la maison.
(*Suppliant, pleurnichant, se traînant aux pieds de Lamort.*)
Aidez-moi, mes pairs ! Je suis tombé sur une sale affaire ! Dire que je n'ai pas rédigé mon testament. J'ai sottement remis au lendemain, et voilà le travail... Trop tard !

Si je meurs, l'État empochera tout. C'est trop affreux, terriblement injuste ! Ô, madame Lamort, je vous implore... Laissez-moi vivre. Je n'ai pas d'héritier !

Aurore. On aura tout vu ! La justice implore la grâce d'une roublarde qui nous séquestre, et se frotte la panse à l'idée de s'enrichir sur notre dos.

Lamort. Vas-tu la boucler, punaise de lit ? Si tu ajoutes un seul mot, je tire... pan, pan, et pan ! Je commencerai par toi, ma jolie, en m'empressant de te trouer la peau comme un morceau de gruyère. Tu ne perds rien pour attendre.

Le poète. Arrêtez ! Vous avez gagné. J'accepte votre marché…

Lamort. Sacrebleu ! Il fléchit. Dis, tu n'essaierais pas de m'embobiner. Tu me donnes ta parole ! Ta parole d'honneur !

Le poète. Vous l'avez, à une seule condition. Épargnez-les tous. Laissez-les partir, et je signe tout de suite après !

Lamort. Tu me prends pour une poire !
Signe d'abord ! Pas si bête, la Célestine.

Le poète. Pas question. Après !

Lamort. Non. D'abord !

Le poète. J'ai dit après. C'est à prendre ou à laisser !

Lamort. Ton exigence est osée, mais j'y consens. Pour attraper l'oiseau bleu et le mettre en cage, il faut du doigté. Les rêveurs de ton espèce détestent les barreaux.

Méfie-toi, chercheur d'asticots. Dans ton quartier, la trahison se paie cash. Elle se règle au couteau. Jouer sa tête sur un coup de dé, c'est drôlement risqué. Ton âme court au caniveau comme le cheval à son enclos.

Elle pèse pas lourd la parole d'un oiseau. Envolé, le zozo ! À Zanzibar le pioupiou. Direction, le cap Horn... et, adieu la compagnie ! Là-haut, le loriot s'éloigne à tire d'ailes ; tandis qu'ici-bas, le vermisseau brise des cœurs et met les bouts.

Le poète. Ta tirade animalière ne m'émeut guère.

Foc à tribord, matelots ! Tournez la manivelle !

Moi, je retourne pincer ma lyre et rêver d'elle

Au pré, en contemplant la Voie lactée.

Lamort. Ce qui signifie ?

Le poète. Abrège ! En langage courtois, cela va de soi.

Lamort. Si je résume ta pensée, mon style te déplaît !

Tu préfères exécuter tes rimes ronflantes,

Taquiner la muse en javanais,

Changer le plomb en poésie.

La terre entière doit s'extasier sur le génie incompris…

Le poète. Ils sont pétrifiés d'angoisse, morts de peur. Qu'attends-tu pour les relâcher ? Je vais signer. Libère-les !

Lamort. Ils n'ont pas besoin de mon autorisation pour ouvrir la porte. Regarde-les… ils font pitié, les pauvres. Dois-je vous accompagner jusqu'à la sortie ? Vous prendre par la main ?

Le juge. Non ! Merci, sans façon… Je connais le chemin. Mesdames, monsieur, je suis ravi de vous avoir connus. Je vous salue bien bas.

La fée de Cristal. Attendez ! Je vous accompagne…

Le juge. (*S'adressant à Aurore.*) Eh bien, mademoiselle ! J'imagine que vous en avez assez entendu. Vous n'allez pas moisir ici ! Ne me dites pas que la compagnie de ces deux excentriques vous plaît ! Encore heureux qu'ils ne nous aient pas volé notre argent ou nos vêtements.

Que décidez-vous ? Vous venez, oui ou non ?

L'occasion ne se représentera pas, dépêchez-vous !

Aurore. Je ne pars pas. Je reste !

Lamort. Qu'est-ce qu'elle grommelle, la pimbêche ?

Le juge. Puisque je vous dis qu'ils sont complices.

Venez donc ! Vite… (*Il tire Aurore par la manche.*)

Aurore. Lâchez mon bras, monsieur ! Les rats peuvent quitter le navire, je ne les suivrai pas.

Ma décision est prise, je ne sortirai pas d'ici !

Le poète. C'est de la folie, mon amour…

Pour l'amour du ciel ! Je vous en conjure, fuyez !

Lamort. Tu n'as pas entendu !

Il ne veut plus de toi, tu l'ennuies.

Toi, la sourde, tu m'exaspères.

La place est occupée, poupée !

Alors, dégage, détale, disparais au plus vite, sinon…

Aurore. Sinon, quoi ? Pour m'éliminer, chère madame, il vous suffit d'appuyer sur la gâchette. Un véritable jeu d'enfant, je peux compter si vous manquez d'entrain.

Quand on compte, il paraît que ça aide. Que ça donne du courage, du tonus, du cœur à l'ouvrage.

Après tout, ne tue pas qui veut !

Au fait, avant de mourir, j'aimerais vous confier un secret… Je sais tout ! J'ai tout compris. Ah ! Pauvre Célestine… La jalousie aggrave votre cas. Vous auriez dû nous éclairer sur votre point faible. Ne pas dissimuler votre nature profonde.

Lamort. Tu vas la boucler !

Aurore. Jalouse comme un pou !

Comme vous devez souffrir, je vous plains.

Eh bien, n'attends plus… Tire ! Finalement, ma chère, je vous ai surestimée. Pour réussir un drame passionnel, vous manquez d'entraînement ou de conviction.

Tenez, je suis bonne fille. Je peux vous aider. J'écarte les bras. J'avance doucement… tout doucement, lentement, calmement, stoïquement.

À cette distance, vous ne pouvez pas me rater. Regardez, deux mètres à peine nous séparent… Je viens vers vous. Tire ! Mais, tire donc !

Lamort. Tu l'auras voulu. *(Elle appuie sur la gâchette. Une détonation. Aurore s'écroule.)*

Le poète. *(Il pousse un cri.)* Non…

Le juge. *(Caché derrière la banquette, il sort prudemment la tête tout en s'épongeant le front.)* Mon Dieu ! Un crime… Un crime…

Le poète. *(Se précipitant vers Aurore.)* Mon amour, ma douce, mon chaton sauvage… Lamort vient de t'enlever à moi. Une fois de plus, je suis damné. Mais, pourquoi ?

Lamort. Écoutez ! Je ne l'ai pas fait exprès. J'ai à peine appuyé sur la détente et le coup est parti tout seul.

La fée de Cristal. Ben voyons !
Les assassins disent tous la même chose !

Lamort. Ô toi, l'illusion d'optique… si tu ne veux pas finir en court-circuit, je te conseille de m'oublier.

Le juge. Ah non, madame ! Vous n'allez pas recommencer. Avant l'arrivée des autorités compétentes, donnez-moi votre parole que vous ne tuerez plus.

Lamort. Accordé, Pétronus ! Promis juré ! (*elle crache par terre*) Je ne truciderai plus mon prochain, et j'accepte sans broncher mon châtiment.

Le poète. Ô ! Pardon, mon soleil, ma déesse, ma libellule ! Tout est de ma faute… Je n'ai pas su te protéger.

Le sort s'acharne contre moi.

Le drame de mon premier amour se répète.

Je ne devais pas oublier la demoiselle de Concarneau…

Le juge. Jeune homme, vous venez de prononcer le mot Concarneau ; or, ce nom me rappelle quelque chose…

La fée de Cristal. Hélas ! Il ne vous entend plus…

Son cœur divague. Sa raison a quitté le monde réel.

Le poète. (*Tout en s'adressant à Aurore, il tient sa tête sur ses genoux et lui caresse les cheveux.*) Elle m'avait tendu un piège, comprends-tu ? Cette nuit-là, j'étais parti sur la falaise… Mariette, mon premier amour, devait venir me rejoindre. Nous nous donnions très souvent rendez-vous à cet endroit. Ses parents ne voulaient pas que je la fréquente. Ils ont tout fait pour nous séparer. Pour l'empêcher de me voir, ils l'enfermaient dans sa chambre. Mais quand on s'aime, les verrous ne servent plus à rien, puisque les fenêtres peuvent s'ouvrir.

Ô, comme je l'ai attendue… J'ai cru devenir fou en scrutant l'horizon des heures durant. Soudain, la lune me nargua. La galerne s'était levée, poussant vers la colline un cortège funèbre de nuages noirs. La mer s'était mise à hurler. Fonçant tête baissée dans les rochers, ses vagues montaient en rouleaux et cognaient la falaise. Elles montaient si haut… grimpant jusqu'au ciel, empanachant les nuées de collerettes blanches, avant de s'affaler dans un fracas dantesque. Puis la mer disparaissait dans un tourbillon. Comme une bête aux abois, elle palpitait, bruissait, gémissait ; du fond de ses abîmes, elle reprenait sa respiration et se soulevait en recrachant ses embruns.

Et mes larmes se mêlaient à l'eau salée. Et sur la falaise, le crépuscule se couchait en projetant des éclats de lune ardoisés. Mon attente s'était changée en épave, elle dérivait.

Soudain, je la vis…

Parée d'écume et de gouttelettes transparentes, ma sirène avait surgi. Je m'élançai vers elle. Mariette ! Comme un ballon d'enfant, mon cri de joie rebondit sur les rochers. Nous courions l'un vers l'autre, mais avant qu'elle ait pu me rejoindre, une ombre s'était jetée sur elle et…

L'ombre la rattrapa, et la poussa dans le vide.

Lamort. Menteur ! Tu brodes. Tu te voiles la face. Tu travestis le passé.

Avoue ! Raconte-leur la vérité ! Dis-leur que ta Mariette avait changé d'avis, qu'elle refusait de s'enfuir avec toi. Qu'elle en avait soupé de tes caprices ! Ta douce amie ne voulait plus de toi, c'est pourquoi tu l'as tuée. Minable ! Tout est de ta faute. Tout, tu m'entends !

Tu as refusé mon aide, poète du dimanche. Tu as repoussé ma main tendue. Et tu t'es vengé sur une pauvre fille qui ne te supportait plus. Alors que si tu avais accepté mon contrat, ta Mariette serait encore en vie.

Le poète. Tu peux le déchirer, ton contrat diabolique ! Je ne le signerai pas ! Jamais. Plutôt mourir…

Lamort. En ce cas… Tu l'auras voulu. Adieu !
(*Elle tire une seconde fois. Détonation. Le juge repart se cacher derrière le divan. La fée de Cristal tente d'arracher le pistolet des mains de Lamort.*)

Le poète. (*Il se tient à genoux, les mains croisées sur la poitrine.*) Je meurs… j'expire, j'agonise ! Ô merci, Seigneur ! Je vais enfin rejoindre ma bien-aimée.

La fée de Cristal revient à la charge. Un combat de femmes s'ensuit. Vaincue, la fée s'écroule.

Lamort. (*Tirant une seconde fois, puis une troisième.*) Saloperie d'engin ! Toujours à s'enrayer au moment crucial. (*S'adressant au poète*) J'étais cachée sur la falaise, et j'ai tout vu ! Mariette, c'est toi qui l'as poussée.

Chien galeux ! Il te faut combien de cartouches dans le corps pour trépasser ?

(*Elle tire encore une fois.*) Vas-tu crever à la fin ?

Aurore. (*Se redressant*) Madame Lamort, merci ! Vous venez de nous donner le mot de la fin. Grâce à vous, l'énigme de Concarneau est enfin résolue.

Le poète. Quelle drôle de sensation ! Je suis mort, et je ne souffre pas. Je suis même heureux… Ô, mes amis, ma bien-aimée, vous êtes là ! Vous êtes tous près de moi. Vous aussi, la fée !

Vous êtes morts, heureux, et libres, comme moi !

Lamort. Par la barbichette roussie de Belzébuth, rien ne va plus ! L'une s'en revient de l'au-delà, et l'autre jacasse encore. Malédiction ! Si les péronnelles ressuscitent, à quoi bon lever de nouveaux clients et se casser le trognon en enfer ?

Le juge.

(*Il sort peureusement la tête de derrière le divan.*) Des morts qui respirent encore. Des morts qui s'extirpent de leur caveau comme Lazare.

Sapristi ! J'ai attrapé la berlue.

Ou pire peut-être… je suis drogué !

La fée de Cristal. Calmez-vous !

Sur mon île, nous croyons dur comme fer aux défunts qui parlent, bougent et respirent très fort. Vous pouvez les écouter au Ciel percé. C'est un lieu-dit, un coin de nature sauvage et protégé qui compte une dizaine de masures. Le Ciel surplombe l'océan. Si vous faites corps avec sa magnificence et déambulez silencieusement dans ses ruelles en colimaçon, vous entendrez les voix des morts. Elles sont très douces… Ma grand-mère dit qu'il ne faut pas les déranger.

Lamort. La mulâtre pratique le vaudou ! Je m'en doutais…

Le poète. Hep, vous ! Oui. Vous ! Monsieur !
Vous ne trouvez pas que notre mort s'écoule d'une façon bien confortable ? Tout le contraire d'un moment pénible. Cette sensation de douceur infinie m'enchante ; elle s'avère divinement calme… En tant que terriens nouvellement disparus, nous devrions l'envisager sous cet angle. Aïe ! Qu'est-ce qu'il vous prend, Aurore ? Vous me pincez !

Aurore. Tu vis, gros bêta !

La fée de Cristal. Oui, vous vivez !

Le poète. Moi ! Mais, pas du tout… Je suis mort.

Aurore. Sûrement pas ! Mon pistolet était chargé à blanc.

Lamort. Des balles à blanc. Vous m'en direz tant… Tricheuse !

Le juge. Alléluia ! Nous vivons un miracle, mes enfants !

Parbleu ! Je respire… En vous voyant tomber sous les balles de Lamort, quelle peur bleue j'ai eue ! Une frayeur sans nom. Il m'a été rapporté tant d'accidents par armes à feu…

C'est bien simple, j'ai cru ma dernière heure arrivée.

Le poète. Je proteste, mademoiselle ! En vous supposant sincère, je me suis trompé. Vous vous êtes jouée de moi. Vous m'avez ridiculisé devant tout le monde.

Aurore. J'ai à peine triché, et uniquement dans votre intérêt. Je ne poursuivais qu'un seul but, moi !

Je voulais à tout prix vous sortir des griffes de ce démon. Mission accomplie !

Lamort. La finaude... Dès qu'elle est entrée, mon flair s'est mis en branle. J'ai tout de suite vu à quel genre elle appartenait.

Le genre à venir marcher sur mes plates-bandes !

Aurore. En vous installant au cœur de ses mensonges, cette femme pouvait vous dominer et vous conserver pour elle toute seule... Elle était jalouse de Mariette. Jalouse à en crever !

Ô, elle ne l'a pas poussée délibérément... Elle a juste voulu la retenir. Pour l'empêcher de courir vers vous, vous comprenez ! Stoppée dans son élan, Mariette a sursauté. Un malheureux faux pas lui a fait perdre l'équilibre.

La suite va vous surprendre...

Après le drame, vous étiez tombé dans les pommes, Célestine Lamort en a profité. Toutes ces années, elle vous a trompé. Pour vous garder sous sa coupe, elle s'est empressée de vous convaincre que votre fiancée s'était jetée dans la mer par votre faute. Et vous l'avez crue !

Mariette a glissé, vous ne devez plus vous sentir responsable. Sa chute l'a tuée, vous comprenez ! Lamort ne peut plus vous faire chanter. Réveillez-vous !

Le poète. Alors, Concarneau, c'est fini ! Fini, pour de bon ? Mariette ne s'est pas suicidée. Elle est tombée par accident. Je ne suis pas un criminel !

La fée de Cristal. Aurore a réussi, jeune homme ! Elle vous a ouvert les yeux. La vérité vient de vous libérer. Laissez-vous porter par sa douce mélodie… Et puisque le bonheur vous sourit, n'hésitez plus, soyez heureux !

Le poète. (*Au juge.*) Vous aussi, vous soutenez la thèse de l'accident ?

Le juge. Affirmatif ! En comparaison de l'attitude brutale de madame, le plaidoyer de mademoiselle m'a convaincu. Étant donné la finesse de son exposé et la clarté de sa conclusion, selon moi, l'accident ne fait plus aucun doute !

Le poète. Aurore ! Que m'arrive-t-il ? Ai-je changé ?

Non, j'ai retrouvé le goût de vivre. Je vais pouvoir créer à ma guise. Aimer, sans craindre le pire. Mon cœur s'est libéré… Je suis libre comme l'air. Ô, ma bien-aimée, puis-je vous poser une dernière question ?

Aurore. M'interroger, encore ! Et pour finir, me retenir dans vos filets.

Le poète. Vous n'y songez pas ! Me prenez-vous pour un geôlier ? Même dans une cage dorée, je n'enfermerai jamais l'oiseau rêveur ! Aurore, j'ai besoin de savoir... Une seule question me brûle les lèvres… m'aimez-vous ?

Aurore. Avant toute chose, jurez-moi de ne plus jamais penser à elle !

La fée de Cristal. Quand on s'aime, les roses du Petit Prince ne se laissent plus dépérir…

Quand on s'aime, la vie se déleste de ses fardeaux et devient si douce, qu'elle s'écoule sans remous. Sous l'œil fatidique des baleines bleues, les baisers des amoureux scintillent comme des étoiles filantes.

Lamort. Qu'est-ce qu'elle marmonne, la débranchée ? Toujours à s'occuper des affaires d'autrui, elle m'énerve ! Et toi ? Porte-plume et pantin de service. Fonce. Roucoule. Tisse ta corde de pendu. Je ne te donne pas six mois pour déchanter et rentrer au bercail la queue entre les pattes.

Le poète. Vous l'entendez, ma bien-aimée… Ses anathèmes me nuisent, elle ne songe qu'à m'ensorceler. Lamort me harcèlera jusqu'à mon dernier souffle !

Aurore. Mais non ! La vérité lui a arraché son pouvoir. Elle est banale, fragile, perfectible, comme nous tous. Ce n'est qu'une vendeuse à la sauvette qui parcourt les sous-sols des grands magasins pour grappiller trois francs six sous. Elle n'éblouit que les désespérés. Son fonds de commerce profite de la naïveté de gens tels que vous. Chassez-la de vos pensées ! Elle sortira de votre existence, et nous vivrons heureux. Je vous le promets !

Le juge. Mes enfants, que d'émotions ! Tenez, j'en pleure ! Votre bonheur m'émeut. Ressusciter l'amour de sa vie, comme on retrouve son gibus, me fait rêver !

Quant à vous, madame, votre culpabilité est clairement établie. Vous fûtes à deux doigts de commettre l'irréparable. À deux doigts, dis-je. D'autant qu'en pensée, vous avez grandement péché. C'est mal. M'écoutez-vous ? Vous m'avez désarçonné, Célestine. Je suis réellement désappointé !

Lamort. Ainsi va la vie, Pétronus ! (*Elle ramasse le chapeau du juge derrière le divan et le fait tourner sur sa main.*) Quand le vin est tiré, il faut le boire.

Le juge. Tout de même… Rendez-moi mon chapeau, merci. Songez au scandale, aux conséquences !

Lamort. Et vos secrets d'État… je brûle de les connaître !

NOIR DANS LA SALLE

Aurore. Lumière ! Que se passe-t-il ?
(*La scène reste dans le noir. On entend des soupirs, des gémissements, des petits cris de femmes.*)
Nous n'allons pas rester dans le noir ! Remuez-vous !

Qu'attendez-vous pour trouver une lampe ou des bougies ?

Le poète. On ne doit pas être dans les temps...

Le juge. Et comme par hasard, la panne tombe carrément sur mon effet avec le chapeau. Je suis persuadé qu'ils le font exprès. Ils m'en veulent.

La fée de Cristal. J'ai glissé de l'échelle et je me suis cassé un ongle. Si ça continue, vous trouverez une autre pomme pour ce rôle. Je suis comédienne, moi. Pas acrobate !

Aurore. Alors, ces bougies… Elles arrivent ou pas !

Le poète. La dernière fois, c'est toi qui avais décidé de les ranger dans un endroit sûr. (*Il allume un briquet-tempête.*)

Lamort. Gla-gla ! Je caille, moi, là-dedans. L'obscurité m'angoisse. Je me sens comme dans une cave, enterrée vive ! Si l'auteur nous abandonne dans des trous noirs, je ne réponds pas de mes actes. Dans trois secondes, j'ameute les foules. Une, deux... Attention, je vais hurler !

Aurore. Ô ! Je me souviens… Je les ai cachées sous la banquette ! Dépêche-toi de regarder !

Le poète. (*Il se sert de la flamme du briquet.*) Minute papillon… J'ai déjà du mal à me repérer, n'en rajoute pas. (*Les rires, soupirs, gloussements féminins reprennent.*)

Lamort. Tout est arrangé pour mon loyer ! Ma dette était devenue colossale, mais le bailleur m'a fait une fleur. J'ai pu obtenir un délai.

Le juge. Faut toujours que tu la ramènes avec ton loyer ! Tu rames peut-être, Célestine, mais au moins tu vis seule !

Lamort. Et alors ! Ma solitude te donne des boutons. Tu me trouves indécente, ou pire, égoïste !

Le juge. Mais non… Disons que tu peux vivre au jour le jour, sans te soucier d'assurer le pain quotidien d'une famille. La vie est dure sans confiture ! Et plus pénible encore, quand on a plusieurs bouches à nourrir… J'ai des responsabilités, moi ! Je ne rigole pas tous les jours.

Aurore. En avant les trémolos ! C'est reparti pour un tour… Si c'est pour vous lamenter, autant rester dans le noir.

Le juge. Dans le noir et dans la mouise !
De mon temps, on respectait les artistes.

La fée de Cristal. Il a raison ! Autrefois, nous étions assurés d'empocher le minimum. Sélectionné pour un petit rôle de rien du tout, dans un mini spectacle, ou choisi pour une simple apparition dans un numéro de cabaret, pour une figuration à l'opéra, interprétant un cri, un rire, une larme dans un film sans lendemain…

Le juge. Un comédien gagnait sa croûte ! Et l'Art dramatique se prononçait en grand, avec deux majuscules !

Le poète. Victoire ! Je les tiens… Elles étaient posées sous le divan. *(Il allume les bougies et les dispose en plusieurs endroits.)*

Le juge. Nous vivons des temps lugubres…
À moins d'un miracle, nous sommes condamnés à mort.

Comme des pantins écorchés évoluant dans une histoire sans fin, la rapacité humaine assassine notre talent à petit feu. Quand je vois tous ces candélabres, dressés tout autour de moi, je me sens métamorphosé en bouffon.

Qui m'a donné l'ordre de suivre mes propres funérailles ? Les marchands de sommeil de l'art ! L'heure est grave, camarades comédiens ! La minute, solennelle.

Lamort. Écorché toi-même ! Tu nous saoules avec tes élucubrations ! Si tu cherches le pactole, organise un meeting de manchots au pôle Nord ! Adresse-toi à l'auteur ou va auditionner au Français. Personne ne te retient !

Le juge. L'égoïsme accélère la fonte de la banquise !

N'empêche que de mon temps…

Aurore. Les comédiens ne répétaient pas dans des bordels !

Lamort. Chut ! Parlez moins fort…

Aurore. Pourquoi ? Le mot « bordel » te scandalise ! Peut-on savoir depuis quand ?

Le poète. Depuis que Villon lui a donné ses lettres de noblesse. Le vocable a tourné de l'œil, défroqué les curés, émoustillé les bourgeois. Et, à force d'enjamber les grilles du métro Pigalle, froufroutant comme l'étoile Polaire, il s'est patiné.

La fée de Cristal. Que Célestine soit choquée par l'emploi d'un terme aussi cru, après tout, c'est son droit. D'autant que placé dans une conversation civilisée, il peut surprendre.

Aurore. Tu oublies juste un truc essentiel... Pour nos répétitions, c'est elle qui nous a déniché ce trou à rats.

Le juge. Ce trou de circonstances...

Lamort. Si vous n'aimez pas cet endroit, débrouillez-vous pour trouver mieux !

Aurore. Mieux qu'un bordel, je ne vois que le cimetière ! Dis, dans tes innombrables relations, tu n'aurais pas un croquemort qui casse les prix ?

Lamort. La tenancière de cette maison manque de souplesse. Néanmoins, il faut la comprendre. Que reçoit-elle pour la salle ? Rien. Pas un rond !

La pauvre ne roule pas sur l'or, avec ses filles. La crise touche aussi son secteur. Quand le vers ronge le cœur du petit commerce, la clientèle boude !

Le sexe n'a plus le vent en poupe.
L'inflation lui retire le pain de la bouche. Réfléchissez… Savez-vous pourquoi, elle éteint ses loupiotes. Mais pour qu'on baisse le son, pardi ! Qu'on n'effraie pas la clientèle. Et si on commençait un nouveau filage...

Allez ! Un petit dernier pour la route.

Le juge. À la bougie ! Merci bien. J'étouffe, moi ! Quand la cire brûle, mes poumons crachotent de la suie. Vous m'excuserez, les amis, mais cette couturière m'a vanné. Pour ce soir, j'ai mon compte.

Le poète. Il a raison.
Assez ! Assez ! J'abandonne.

Aurore. Qu'est-ce qu'il lui prend ?

190

Lamort. Tu ne vois pas qu'il tourne à vide ! Le symptôme du moulinet cérébral se rencontre souvent chez les auteurs.

Le poète. Vivants ! Les auteurs vivants, et sans talent ! Ne me baratinez plus. Ma pièce ne vaut rien. Pas un pet de lapin ! Je la trouve ennuyeuse et injouable. J'arrête tout !

Le juge. Sauf que tu as signé pour un mois avec le directeur du théâtre en Vrac.

La fée de Cristal. Oui, trente jours de représentations !

Le poète. Ô ! Pardon… J'implore votre pardon, mes amis. Je ne suis qu'un vaurien, un vaniteux, un fâcheux ! En son temps, Xavier Forneret mit aussi la cabane sur le chien. Pauvre dramaturge errant, que le succès bouda. Si Paris méprisa ses pièces, la province le ruina. Il mourut sur la paille.

Aurore. Ton illustre inconnu, on s'en moque !
    Explique-toi ! Nous exigeons la vérité.
    Tu as signé, oui ou non !

Le poète. Bien sûr ! Même que j'ai paraphé toutes les pages du contrat. Mais, signature ou pas, qu'est-ce que ça change ? Mon texte ne vaut rien. Je dois tout reprendre.

Lamort. Eh là, minute papillon… Les modifs, tu aurais dû y songer avant. Trop tard pour remanier, on joue !

Le poète. Je ne remanie pas, j'abandonne !

Mieux, je flambe, j'efface, je conclus en apothéose. Bref, j'autodafe ! Ah ! Comme il sera exaltant de contempler les crépitements de joie du grand feu expiatoire et salvateur, allumé par mes soins ! Sa langue rougeoyante brûlera mes soties, mes scories et mes vanités.

L'essentiel s'échappera de ses flammes. Le beau dansera la gigue des mots justes. Son souffle incendiera tous les coins et recoins de ce bouge infâme et malsain, où nous répétons depuis des mois. Et, je vous le promets, la sinistre maison rose qui opprimait nos voix et notre talent disparaîtra sous les cendres.

Il n'y a plus un instant à perdre. Rendez-moi vos textes. (*Il s'approche de Lamort et tente de lui arracher son manuscrit des mains.*) Vite !

Lamort. Ça ne va pas la tête ! Bas les pattes ! Dans ta pièce, j'ai accepté d'interpréter un rôle de sorcière. Tu m'as affublée d'un nom à coucher dehors… et tu veux tout cramer ! Aidez-moi, vous autres ! Calmez-le ! Vous voyez bien qu'il déraille…

Le poète. Arrière, cabotine ! Ouvre les yeux !
Regarde… notre vie touche à sa fin. Notre planète meurt de la peste. Guerres, confusions, agitations, égoïsme la gangrènent. Trop tard pour inverser la course du néant.
La terre s'assombrit… elle sombre ! Trop tard, vous dis-je !
Et moi… Moi ! Charmé, par les complaintes des éclipses solaires, j'ai suivi la voie radieuse des Classiques ! Comme eux, j'étais persuadé que l'Art pouvait sauver l'humanité.
Qu'il éveillait les âmes ! Les libérait de l'obscurantisme !
Quel naïf, quel idiot, quel imbécile heureux, je fais !

Le juge. À mon tour de parler !
Je le connais bien et...

La fée de Cristal. Pourquoi pas ?
Si tu peux le calmer, chapeau !

193

Le juge. Camarade, laisse tomber l'autodafé ! Nous avons commencé la pièce avec toi, et nous irons jusqu'au bout de l'aventure. Une aventure à cinq mousquetaires ! Pour l'instant, notre auteur souffre d'un trouble de l'esprit : la peur de l'échec. Ces crises d'angoisse anticipatoire se rencontrent fréquemment dans la profession. Et comme elles peuvent sérieusement endommager l'équilibre de notre homme. Le ravager sourdement. L'anéantir. C'est à nous, ses comédiens, de le remonter.

Personnellement, je trouve que la mise en scène tient la route. Et le texte ne me dérange pas. J'ai vu pire ! Par contre, en ce qui concerne nos conditions de travail…

Aurore. Encore ! Tu ne pourrais pas la mettre en veilleuse ? L'auteur se morfond, et tu la ramènes avec des questions d'argent. Quel manque de tact !

Lamort. Décidez-vous ! J'aimerais savoir sur quel pied danser. J'ai faim, j'ai froid, et je tombe de sommeil.

La fée de Cristal. Jusqu'ici nous avons tous défendu ton texte… Je continue ! The show must go on !

Le juge. Oui, poursuivons.

Et vogue la galère… comme dirait Pétrone !

Aurore. Et toi, Célestine ? Ton avis nous importe !

Lamort. Oh moi, je suis toujours partante ! Même si mon personnage et son nom de famille ne cassent pas des briques, je veux bien aller au bout. Lamort accepte de fournir un dernier effort. D'autant que son drame a du bon.

Le poète. Du bon ! Qu'est-ce que tu entends précisément par du bon ? Explique-toi !

Les autres comédiens font de grands gestes pour que Célestine se taise.

Lamort. Eh bien… ta prose est truffée de belles surprises.

Le poète. Tu trouves ?

Lamort. Ô, la barbe ! Je ne suis pas critique d'art. Tu nous promènes, avec ton lyrisme tour à tour saignant ou désuet. On doit aborder ta pièce, par en dessous.

Il faut gratter le superflu, tu comprends ? Mais si le public passe outre le premier degré, dans l'ensemble, une belle tonalité se dégage du tout.

Le poète. Qu'est-ce que la tonalité vient faire ici ?

Tu te fiches de moi !

Lamort. Au contraire !

Ton texte est génial. Nous l'adorons.

La fée de Cristal. Le parent pauvre de l'art dramatique, c'est lui ! (*Elle tend son bras vers le poète.*) N'oubliez pas, mes amis, que la dernière roue du carrosse théâtral, c'est toujours l'auteur.

Lamort. L'histoire du cadavre qui turlupine la conscience du poète nous laisse sans voix. Les spectateurs ne saisiront pas l'astuce du premier coup, mais quand ils verront Aurore brandir son arme, l'intrigue s'éclaircira.

La fée de Cristal. Exact ! Les coups de feu annoncent le dénouement du drame ! Le public comprendra…

Lamort. Ton idée de magasin-écran brouille carrément les pistes… elle n'est pas piquée des hannetons. Un vrai coup de génie. Tu fourres ton doigt là, où le bât blesse. Le capitalisme ! Le consommateur consommé ! En exploitant une thématique aussi originale et criante de réalisme, tu donnes en plein dans le mille !

Le poète. Tu ne te moques pas de moi ! Le grand Magasin qui se transforme en bordel, tu trouves le propos réellement porteur ?

Lamort. Parbleu, oui ! Et pas qu'un peu !

Aurore. Désolée d'interrompre ton charmant panégyrique, mais la flamme vacille, la cire fond à vue d'œil et nos chandelles vont s'éteindre. Mes amis, nous touchons au but. Reprenons notre souffle, grimons nos visages d'arlequins, courons vers les feux de la rampe ! Et si l'auteur hésite encore sur le mot de la fin, aidons-le à sortir de son trou noir.

Le juge. Ah ! Le noir absolu, j'en rêve…

Tomber dans un hamac et dormir… dormir plusieurs jours d'affilée, dormir comme un loir.

Le poète. Tous ces mois que nous venons de passer à répéter dans des conditions pénibles et, de but en blanc, vous me laissez entendre que vous gardez la foi ! Venant de vous, des compliments aussi vifs et chaleureux m'encouragent. Si je comprends bien, Célestine, ma pièce, tu y crois ! Malgré ses longueurs, vous y croyez tous !

Lamort. Évidemment.

Aurore. Absolument.

La fée de Cristal. Totalement.

Le juge. Qu'il neige à gros ou à tout petits flocons…

Lamort. Qu'il pleuve des cordes…

Aurore. Qu'il vente à décorner les bœufs ou à fendre l'âme des greniers…

La fée de Cristal. Qu'un soleil radieux enlumine de diamants le ciel et la terre…

Le poète. Ma mise en scène excentrique ne vous rebute pas ! Et vous acceptez de jouer, malgré les éléments contraires, les salles des fêtes désertes, les trouble-fêtes et les… les...

Aurore. Les maigres recettes…

Tous. Oublions les fâcheux et les cohortes d'avatars !
Jouons toujours, sans gloire et sans richesse...

Lamort. De Paris, à Bruxelles, et Copenhague
Rêvons, et le spectacle continuera !

Une à une les bougies s'éteignent.
Tout le monde sort, sauf le juge.

Le juge. Il continue, et il continuera, foi de cabotin !
Bon sang de bonsoir ! Je n'y vois plus rien.
Eh ! Vous êtes encore là !

199

Aurore. *(Elle réapparaît dans l'entrebâillement de la porte.)* Qu'est-ce que tu fabriques ? Tu ne vas pas rester dans le noir ! Viens, la répétition est finie !

Le juge. Déjà ! Où sont passés les camarades, et l'auteur ? La boutique est vide. Ils sont vraiment partis !

Aurore. Oui. Écoute, je suis pressée. Tu connais le chemin... je ne peux pas t'attendre. Alors, à demain ! La générale est programmée à quinze heures, tu t'en souviendras...

Le juge. À demain, fillette... À deux mains, avec deux menottes qui s'étreignent comme ça. Attends ! Ne te sauve pas ! Reviens ! Je vais te montrer quelque chose.

Sur le mur, regarde... regarde les ombres chinoises. Elles parlent de nous, et nous ressemblent. Nous, les arlequins du théâtre pauvre. Bien sûr que la pièce sera jouée. Et ils nous applaudiront... Et ils taperont fort dans leurs mains. À deux, à quatre, à cent, à dix mille mains, ils nous encourageront à tour de main et à tout rompre ; ça sera un véritable concert d'ovations.

Tu connaîtras un public heureux, dans une salle qui crépitera sous les bravos. Tu entendras des hourras à faire cliqueter les lustres, à souffler les couvre-chefs, à déplacer les murs comme des décors. Tu découvriras un public comblé ! Un public aux anges…

Tu verras, petite fille de Molière et d'Aristophane, comme ces brassées de bonheur qu'on distribue aux spectateurs te seront rendues au centuple. Tu les sentiras, ces minutes uniques, éphémères et si particulières où le public nous dit enfin qu'il nous aime.

Foi de vieux comédien, ces minutes-là sont les meilleures. Oui, les meilleures de toute une vie !

Fichtre ! Ils sont tous partis… Courir après le temps qui s'évapore, merci bien ! La vitesse du monde moderne m'échappe, les grands rodéos m'essoufflent. (*On entend des rires étouffés de femmes.*)

Oh, pardon, madame… Je passais en coup de vent. Ne vous dérangez pas, je m'éclipse, je me sauve, je m'évanouis ! Je glisse comme une bulle qui crève dans l'atmosphère, en donnant une goutte d'eau… et ça coule comme une larme sur la joue d'un fou… et ça s'infiltre dans l'âme infortunée du prince Hamlet.

Les comédiens sont de grands enfants. Vous pensez qu'ils jouent un rôle, alors qu'ils passent leur temps à jongler avec des bobards... Comme les gosses, ils prennent des vessies pour des lanternes. Moi, à force d'interpréter tous ces personnages, la vraie vie m'est passée sous le nez. Mes os couinent, ma peau flotte comme dans un pyjama trop large et j'avance à reculons vers le gigantesque trou final. N'empêche que sans maquillage et sans costume, je me fais horreur. Que voulez-vous, belle enfant, si vous faites le plus vieux métier du monde, moi j'en bave encore pour exercer le plus beau ! (*Gloussements de la dame.*)

Vous et moi, si proches, quelle volupté !

Je peux vous sentir, vous toucher, vous caresser du regard. Non, ne me fuyez pas ! *Les montagnes ne sont pas un obstacle pour les yeux du cœur.* Main dans la main, nous dévalerons les sentes calcaires de la montagne Sainte-Victoire. Riez, gloussez, ma déesse en jupons, moquez-vous ! Vous verrez comme ils nous applaudiront. La salle sera en liesse... foi de bouffon ! C'est si beau une foule heureuse. N'est-ce pas ma douce ? Aimer... En voilà une exquise et tendre folie.

Alors, à demain... et, d'ici là, soyez sage !

L'île aux méduses rubescentes

Texte lu par l'auteur, Gérald Chevrolet, EAT CH, le 17 octobre 2009, rue des archives, au Centre Culturel Suisse à Paris.

Je suis né en 80... en mille huit cent quatre-vingts, sur un bateau en partance pour l'Angleterre. Ma mère aimait les contes de fées et les hommes distingués. Ses chimères l'ont conduite dans le quartier populaire de Whitechapel, où s'est déroulée toute mon enfance.

Très tôt, j'ai appris à me débrouiller seul. Enfant de la balle et du menu fretin, je ne connais qu'une école, la rue et ses monte-en-l'air.

J'ai 8 ans... et d'après vous, à 8 ans, on fait quoi dans la rue ? On fume, pardi... et entre deux mégots, on chaparde. N'empêche, la gueule dans le caniveau, à force... ça vous mûrit un homme. On ne pense même pas à jouer, marrant !

Pourtant la rue, c'est pas du gâteau.

Et mon quartier, vu de loin, il flottait comme une île... l'Île aux méduses rubescentes. De près, c'est différent. Un gosse, ça observe tout au microscope. La vie, l'injustice, la misère ; ses coups bas, en somme. Une découverte pour chaque détail, par le petit trou de l'immensité.

J'entends encore les cris de ma mère, quand je dévalais les escaliers :

« Où vas-tu traîner ? Surtout, reviens pour la soupe, et méfie-toi de l'Île aux méduses rubescentes ! » Méfiance, méfiance, cause toujours tu m'intéresses...

Sitôt claquée la porte de notre garni, ses vocalises trouaient le plancher. Une vraie sirène de bateau. Tout l'immeuble pouvait l'entendre, mais elle s'en fichait. Sa voix courait derrière moi, me poursuivait jusque dans la rue. Un vibrato impressionnant. Elle avait du coffre, maman, et du vocabulaire.

Son île à elle, c'était le trottoir. Pour survivre, elle vendait ses charmes. Son cul au plus offrant... même le dimanche ! Pour sûr, jolie comme elle était, elle ne chômait pas.

Moi, ses sorties nocturnes, je les haïssais.
Je me rongeais les ongles jusqu'au sang.
Je tremblais surtout pour sa vie.

C'est le fils du cafetier, un passionné de faits divers, qui m'avait affranchi. Il m'avait parlé du criminel. Même que j'avais vu les dessins des assassinées dans les journaux. Des corps découpés, à vomir ! Des seins arrachés, des bas-ventres ouverts de bas en haut.

Pas joli, joli, le carnage.
Les rumeurs allaient bon train.

— Pas un jour, sans victime ! titraient les manchettes. Un monstre sanguinaire sévit dans le quartier.

Son nom, Jack l'Éventreur, flottait sur toutes les lèvres. Même Scotland Yard n'arrivait pas à le coincer.

Un vicieux, ce type. Il trucidait les filles de joie à la chaîne, et partout dans le quartier, les braves gens mouraient de peur.

« La peur n'évite pas le danger ! » s'exclamait ma mère avant de partir au turbin. Très vite, l'obscurité l'avalait. Elle entraînait ses rares clients derrière les abattoirs, à proximité des tanneries. Des passes en plein air, sous le soleil des loups. Elle travaillait, vite fait bien fait, dans l'endroit le plus sale de la ville. Toutes les prostituées se plaignaient des odeurs de bêtes crevées qu'un flacon d'eau de Cologne ne chassait pas.

Chaque soir, tandis qu'elle boutonnait sa pelisse, j'imaginais le pire. Une nouvelle nuit d'angoisse commençait. Le monstre rubescent continuait sa besogne sanguinaire... et dans tout Whitechapel, ça puait la mort.

Moi, j'ai grandi dans ce bousier. Bon an, mal an, jusqu'à mes 14 ans, j'ai appris les règles de la rue. Les charmes d'une prostituée ne sont pas éternels, ils s'usent vite. La clientèle veut de la chair fraîche.

Un soir, ma mère n'est pas sortie... Elle s'est effondrée sur sa paillasse, le dos secoué de larmes. Pour la consoler, je l'ai serrée dans mes bras. J'ai décollé le chagrin de ses joues, en soufflant sur ses cheveux mouillés de pleurs. Doucement, j'ai remonté la couverture sur son corps maigrelet de gamine.

206

Puis, j'ai claqué la porte, avant de descendre les marches quatre à quatre.

À cette seconde, ma décision était prise.

« C'est chacun son tour, que je me suis dit. Je prends la charge du foyer sur mes épaules. » Au début, j'ai maraudé en amateur et à l'aveugle. Puis, j'ai pu grainer à mon aise. Oh, rien de bien méchant... Des petits larcins, sans conséquence, histoire d'assurer notre pain quotidien et le montant du terme.

Des fois, on regrette d'être né...

La rage vous prend là, au gosier, et elle vous étouffe. Parole, il en faut du cran pour pas chialer. On se retient, on refoule ses larmes dans son estomac, on se comporte en homme, pas en lopette !

Pleurer... à d'autres, les sensibleries de mômes !

Quand maman est morte, ça m'a soulagé.

Elle aussi, je parie. Parce que c'est pas une vie de cracher ses poumons, ça non ! D'autant qu'elle ne pouvait plus tapiner la mère... elle pouvait juste vomir du sang dans la cuvette et boire du laudanum ; alors, j'ai mis les bouchées doubles.

Disons que j'ai pris de fichus risques, et turbiné cent fois plus.

Le médecin me coûtait un bras. Il montait dans notre grenier, écoutait râler la poitrine de ma mère, prescrivait ses drogues et secouait la tête d'un air lugubre. Tout le temps qu'il auscultait la misère, le brave homme pliait et dépliait ses bésicles. Un signe de nervosité qui amusait ses malades, même les mourants !

Elle est morte, le jour de mon anniversaire.

Direction, la fosse commune ! Creusé dans un taillis d'épines, un grand trou terreux a accueilli ma mère, sans cérémonie. Il pleuvait des cordes. Le croquemort n'aimait pas l'eau ; sans ménagement, il a jeté le corps maternel dans les ténèbres boueuses. Pressé de rentrer chez lui et de canonner ses chopes de bière, il a rebouché la tombe grosso modo, avec un bout de tôle rouillé. Pour des funérailles de seconde classe, fallait des gros moyens.

Ils m'ont pincé dans la foulée. Les vaches !

J'avais quinze ans et pas un seul penny de côté. Au tribunal, ils s'en fichaient pas mal de la mort de ma mère. Oh, j'ai bien tenté de me défendre, d'expliquer les vraies raisons de mon crime... en vain.

J'ai pris 10 ans pour vol aggravé.

Pour la justice, rincer une cambriole avec une pincée d'insultes, c'est toujours aggravant.

208

Je me souviens parfaitement de la réflexion d'un magistrat à perruque blanche qui se mettait en rogne sans arrêt, parce que ses doigts tachés d'encre n'arrivaient pas à maintenir son postiche en équilibre sur sa calvitie :

— Vous reconnaissez devant la Cour, avoir volé ces braves gens en les menaçant verbalement, uniquement pour payer les funérailles de votre mère. C'est bien cela ! Dans ce cas, pourquoi ne pas chercher à travailler, comme tout le monde ?

La question qui tue. Le piège, je l'ai pas vu venir... j'ai foncé direct dedans. « C'est que le croque-mort était pressé, monsieur le juge ! »

Évidemment, la salle a pouffé de rire, et la justice a tranché brutalement. Mon sort ressemblait à celui des méduses rubescentes... elles traînent dans l'île comme des âmes en peine, pour n'en sortir qu'avec les bracelets ou les pieds devant ! À l'aube, je quittais Londres pour la prison de Reading. La pire qui soit au monde, je ne pouvais pas tomber plus bas !

En arrivant, ils m'ont épouillé, puis rasé la tête. Plus un poil sur le caillou, j'étais lisse comme une méduse. Après ça, ils m'ont tiré le portrait, de face, de dos et de profil. Puis, ils m'ont trempé le médius et la plante des pieds dans l'encre de chine, et plutôt deux fois qu'une.

Les cellules s'alignaient comme des cages à lapins.

Pas de clarté dans ces clapiers sombres et humides ; le soleil n'y pénétrait jamais ; même si, en plein été, il arrivait que des rayons rebelles dansent la gigue sur nos barreaux. Pas de temps libre, non plus. Seulement des journées longues et monotones, occupées aux travaux forcés. La prison comptait deux variétés de condamnés, les rupins et les va-nu-pieds.

La première catégorie pouvait toujours s'arranger avec les gardes, moyennant une poignée de pennies. Les manants, comme mézigue, claquaient du bec ; on avait droit qu'à une seule danse, la valse de la faim et des coups... Des horions qui nous mettaient le corps en charpie, comme ça, pour rien. Les surveillants nous tapaient dessus à tout bout de champ. Leur façon à eux de se changer les idées. Que le personnel s'amuse !

En quittant ce monde, ma mère m'avait soufflé ces dernières paroles à l'oreille : « N'oublie jamais, mon chéri ! Ici-bas, tout est une question de classe ! »

Reading, ce n'était pas une geôle, mais le bagne. Bouclés là-dedans, bien des condamnés devenaient à moitié fous. D'autres types, sales et vicieux, ne pensaient qu'à une chose : vous coincer et vous traiter en femelle. Par peur des représailles, des gosses cédaient aux avances... ils se transformaient en putains. Moi, bas les pattes ! Plutôt crever ! Je ne connais qu'une méthode pour calmer les pervers, un grand coup de poing sur la gueule ou dans le bas-ventre ; en général, c'est recta !

210

En prison, j'ai croisé des seigneurs, et aussi la crème de la haute. J'ai même connu un prince : Oscar Wilde !

L'air de rien, j'ai pu l'approcher... et surtout, le frôler. Ses beaux vêtements libéraient des effluves de fleurs printanières. Il sentait un parfum de femme amoureuse. Des gemmes miroitaient dans l'eau saphir de ses yeux myopes ; perçant ou dans les vapes, comme les iris d'un chat persan, son regard d'opiomane m'hypnotisait.

Oscar ne souriait jamais. Dans sa bouche putride et rongée d'abcès, des crocs pourris branlaient. Souvent, je l'ai vu cracher du sang, dans la dentelle d'un mouchoir blanc.

Les poètes ne réagissent pas comme nous, les méduses. Ils explorent chaque particule de l'immensité rubescente, avec des yeux d'enfants.

Des tas d'histoires circulaient sur la vie de l'Irlandais. Les langues de vipère allaient bon train sur ses mœurs dévoyées et ses relations tapageuses avec des lords.

Les détenus se moquaient de lui. Ils mimaient sa démarche, imitaient ses gestes, s'esclaffaient sur son passage.

Moi, ça m'était bien égal leurs racontars.
Les manières d'Oscar étaient efféminées, et alors ?

L'attitude brutale des gardes me paraissait bien plus grave que ses préciosités. Sans oublier tout un tas de prisonniers qui ne valait pas derche, non plus !

Ma gueule de voyou n'incitait pas au copinage. Dommage… je lui aurais bien causé, moi, au poète !

Je sais pas lire, mais j'aime bien la poésie.

Ma mère m'en récitait pour m'endormir...
Elle me récitait du Verlaine par cœur, et ça me plaisait.

Oscar Wilde est sorti en 1897.

Il a quitté la prison avant moi. Cet été-là, on a eu drôlement chaud. Les merles crevaient comme des mouches dans les gouttières à sec, et moi, je purgeais ma peine… dix ans !

J'ai compté les saisons, dessiné un bâton blanc pour chaque jour, et balafré les murs à la craie.

Les portes de Reading ont fini par s'ouvrir.

La liberté, j'y croyais plus. En quittant le bagne, j'ai pas cherché midi à quatorze heures. Je m'en suis retourné à Whitechapel, l'île aux méduses rubescentes, où j'ai repris mes activités et ma vie d'avant.

Difficile de se refaire, pas vrai ?
Avec de la chance, j'ai pu vivoter.

Un jour, ils ont collé des affichettes sur tous les immeubles du quartier. Des attroupements se sont formés dans les coins de rue et des matrones ont crié : « C'est un message de la reine... La reine recrute des soldats ! »

J'ai signé, avec une croix en bas de la feuille, et pour fêter l'événement, j'ai picolé toute la nuit. Le lendemain matin, ils m'ont donné des vêtements, un casque, une paire de brodequins usagés, et un fusil. Tout s'est passé si vite... Un mois plus tard, je débarquais à Calais.

J'étais enfin arrivé en France... Je me retrouvais dans le pays de ma mère et de Verlaine ! J'y venais pas pour m'enticher d'une grenouille, mais pour me battre.

Verdun, la Somme, le Chemin des Dames...

Des pas dans la boue, des montagnes de cadavres, des obus comme s'il en pleuvait, et des rats qui bouffent les chairs des copains crevés. Une sale guerre, mon gars... j'étais en enfer !

Quand j'suis tombé près la rivière, mon sang a pissé... Pas dans une cuvette ou dans le caniveau. Non, il a giclé à gros bouillons. Un sang rouge vif, comme celui qui clapote dans les rigoles de la boucherie centrale en s'égouttant des bœufs. Les grands bestiaux tirent une langue bleue à leurs bourreaux ; ventre ouvert et tête en bas, ils sont suspendus à des crochets.

Soudain, la terre a explosé...

Une coulée de boue m'enterrait vivant.

Je crus voir ma mère, le jour de ses 20 ans. Je me rappelais ses baisers peinturlurés de rouge à lèvres, et ses éclats de rire cristallins. Sa voix douce, quand elle me soufflait une strophe d'un poème de Verlaine :

« Six heures.
Les buveurs regagnent leur buvette.
La famille son home et la rue est à Dieu :
Et dans le ciel sali quelque étoile seulette
*Pronostique la pluie aux gueux sans feu ni lieu. »**

D'autres corps tombaient sur moi. Ils m'écrasaient sans bruit, s'enfonçant dans la nuit éternelle, comme des étoiles filantes en plein été, égarées dans un labouré. La glaise pesait lourdement sur mes paupières. Je devenais aveugle. Du sang séché scellait mes lèvres et m'empêchait de crier.

Mes doigts ont essayé de repousser la terre, sans succès. Plus je creusais, plus les mottes me retombaient dessus. Elles s'infiltraient dans ma gorge.

* *« Londres » poème de Paul Verlaine.*

Des caillasses sans vergogne dégringolaient des ravines, visant chaque partie de mon corps. Vivaces, des racines d'orties, de saules et de pissenlits m'enlaçaient, les garces tissaient mon linceul. Mes forces déclinaient. Les entrailles de l'univers coulaient dans ma bouche, son lait volcanique et brunâtre m'étouffait. Positionné en rond comme l'enfant qui va naître, je n'osais plus bouger.

Soudain, j'ai rendu les armes.

J'ai oublié l'île, les méduses, la rubescence, le laudanum, la geôle de Reading, et toutes ces conneries.

Et quand le dernier morceau de ciel eut disparu, moi qui respirais comme une limace écrasée sous les brodequins d'un vert-de-gris, tout embéguiné de terre pourpre, j'ai compris que j'étais mort.

Juin 2009

Du même auteur

Romans :

- *L'homme aux yeux de poisson mort*, La Route de la Soie éditions, 2019

- *Un chien dans la ville*, La Route de la Soie éditions, 2021, Prix littéraire du roman de la SCC, 2022.

Théâtre :

- *Pas d'Homme,* Vermifuge éditions, 2007
- *Le Dépôt,* Vermifuge éditions, 2009
- *Ainsi font les hirondelles,* Les Mandarines éditions, 2015
- *Chœurs Croisés,* HF éditions, 2015
- *Le Chant lointain des manèges sous la neige,* Edilivre, 2018
- *Le Pré aux lucioles,* La Route de la Soie éditions, 2020
- *Le tohu-bohu,* Bod, 2020